코딩하는 소녀

코딩하는 소녀

타마라 아일랜드 스톤 지음 | 김선영 옮김

라임

차 례

친구 만들기 앱

사용자
20

앨리는 휴대폰을 단단히 쥐고 무대 중앙으로 뚜벅뚜벅 걸어 나갔다. 풀러 대학교 강당의 객석은 어느새 꽉 차 있었다.

앨리는 속으로 되뇌었다.

'미소, 침착하게, 또박또박. 연습했던 대로만 하면 돼.'

순간, 맨 앞줄에 앉아 있는 엄마 아빠와 눈이 마주쳤다. 엄마가 손을 흔들자 아빠는 엄지를 척 치켜들었다.

엄마 옆에는 학교에서 컴퓨터 수업을 담당하는 슬레이드 선생님이 앉아 있었다. 뽑히기 어렵기로 소문난 '코드걸스'의 여름 방학 캠프에 참가할 수 있게 된 건 순전히 선생님 덕분이었다. 선생님은 앨리가 게임 아이디어를 내고, 기획서를 쓰고, 시험판을 만드는 내내 함께해 주었다.

앨리는 선생님을 향해 빙그레 웃고는 입 모양으로 '고맙습니다!' 하고 인사했다.

잠시 후 객석이 어두워지면서 무대 위로 조명이 쏟아졌다. 얼굴에 뜨거운 기운이 느껴지는가 싶더니, 눈앞의 객석이 순식간에 사라졌다. 슬레이드 선생님의 얼굴이 보이지 않자 오히려 마음이 차분해졌다. 선생님이 강당에 와 있는 이유를 잘 알기 때문이었다.

앨리는 문득 휴대폰을 계속 만지작거리고 있다는 걸 깨달았다. 초조한 마음을 내비치는 건 별로 좋지 않았다. 휴대폰을 청바지 뒷주머니에 집어넣고 자세를 가다듬은 뒤, 숨을 깊이 들이마셨다. 이제 발표를 할 시각이었다.

"제가 코드걸스 캠프에 온 첫날, 선생님들은 이곳에서 무슨 앱이든 마음대로 만들어 보라고 말씀하셨어요. 재미를 추구하는 앱도 좋고, 실생활에 도움이 되는 앱도 좋으니, 뭐든 마음 가는 대로 한번 해 보라고 하셨죠. 저는 그 말씀이 무척 좋았어요."

앨리는 마치 큰 비밀을 폭로할 것처럼 한 손으로 슬쩍 입을 가리고 덧붙였다.

"여러분도 아시다시피, 현실 세계의 중학교 2학년에게는 좀처럼 일어나지 않는 일이거든요."

객석에서 웃음이 터져 나왔다. 앨리는 씩 웃으며 발표를 이어 갔다.

"그런데 저는 그 어려운 과제를 잘해 낼 수 있을지 도무지 자신할 수가 없었어요. 완전히 얼어 있었거든요. 캠프에 아는 얼굴이 단 한 명도 없었으니까요."

앨리는 천천히 무대 한쪽으로 이동했다. 다리가 후들거리는 것을 관객들이 눈치채지 못하기만을 바랄 뿐이었다.

"저는 옆의 친구들을 두리번두리번 살펴보았어요. 이번 여름을 함께 보내게 될 열아홉 명의 낯선 친구들은 어떤 아이들일까? 나하고 같은 음악을 좋아할까? 아니면 같은 책을 좋아할까? 동생이나 언니, 또는 오빠가 있을까? 다들 어디에서 왔을까? 모르는 것투성이였지만 한 가지 공통점이 있었어요. 모두 코딩을 좋아한다는 것."

앨리는 무대 옆을 힐끗 곁눈질했다. 캠프에서 만나 단짝이 된 코트니가 커튼 뒤에서 활짝 웃으며 고개를 끄덕였다. 그제야 마음이 조금 놓였다.

"그때 불현듯 아이디어가 하나 떠올랐어요. 새로운 친구를 찾아 주는 앱이 있다면 어떨까? 클릭! 자물쇠와 열쇠가 맞물리듯이, 클릭! 앱이 나랑 딱 들어맞는 친구를 알려 준다면?"

앨리는 '클릭!' 하고 말할 때마다 손가락을 딱 튕겼다. 그런 다음에 바지 뒷주머니에서 휴대폰을 꺼내 들었다.

"그렇게 해서 제가 개발한 앱이 바로 '클릭드'입니다."

앨리는 클릭드라는 이름이 마음에 쏙 들었다. 어떤 앱인지 한마디로 설명해 주는 것 같았기 때문이다.

곧이어 무대 뒤편에 설치된 대형 스크린에 클릭드의 로고가 큼지막하게 떴다. 하늘색 바탕에 흰색 선으로 어깨동무한 두 친구를 형상화한 것이었다.

"이제 클릭드를 어떻게 활용하는지 함께 살펴볼까요? 지금 이 강당에는 이백여 분이 앉아 계십니다. 아마도 여러분은 대부분 서로를 잘 모르시겠지요?"

관객들이 주변을 둘러보며 고개를 끄덕였다.

"그런데 만약 이 강당에 있는 어떤 사람이 이 세상 그 누구보다 여러분과 공통점이 많다면 어떻게 하시겠습니까? 물론 이대로 강당을 떠난 뒤 평생 동안 그 사람이 누구인지 모른 채로 살아갈 수도 있습니다. 그렇지만……, 누군지 아는 편이 훨씬 더 재미있지 않을까요?"

앨리는 휴대폰을 높이 들고 흔들었다.

"지금부터는 여러분이 휴대폰에 다운받은 투표 앱이 필요합니다. 모두 휴대폰을 꺼내 주세요."

객석의 조명이 다시 밝아졌다. 앨리는 자기도 모르게 슬레이드 선생님을 바라보았다. 선생님은 수첩에 뭔가를 부지런히 적고 있었다. 뭘 적는지는 몰라도 표정이 무척 밝았다.

사실 이번 발표는 캠프를 무사히 마친 걸 축하하는 자리였지만, 앨리에게는 그 이상의 의미가 있었다. 슬레이드 선생님은 학교에서 컴퓨터 수업을 맡고 있기도 하지만, 대형 게임 업체인 '스파이글래스'의 청소년 대상 코딩 대회인 '좋은 세상을 위한 게임'의 멘토이기도 했다.

앨리는 원래 코딩 대회에 나갈 생각이 없었지만, 클릭드가 캠프에서 주목을 받으면서 도전해 볼 마음이 생겼다. 그래서 슬레이드 선생님에게 클릭드의 소스 코드를 보냈다. 말하자면 이번 발표는 마지막 한 자리가 남은 코딩 대회의 출전권을 따내기 위해서 반드시 성공적으로 마쳐야 하는 과제인 셈이었다.

앨리는 숨을 깊게 들이마신 뒤 다시 관객들을 둘러보며 물었다.

"이제 준비되셨나요?"

그러자 대형 스크린에 아름다운 풍경 사진 넉 장이 떴다.

"어느 쪽이 가장 마음에 드시나요? 바다, 숲, 사막, 산 중에서 하나를 선택해 주세요."

앨리가 슬라이드를 넘기자 스크린에 아이스크림, 케이크, 초콜릿, 애플파이 사진이 떴다.

"이번에는 가장 좋아하는 디저트를 골라 주세요."

관객들이 사진을 고르는 사이에 앨리는 휴대폰을 슬쩍 내려다보았다. 이번 발표를 위해 특별히 만든 앱에 관객들의 데이터가 속속 모이고 있었다. 관객들이 정보를 입력하는 순간, 실시간으로 비슷한 취향의 사람들끼리 연결해 주었다.

그 뒤로 슬라이드를 일곱 차례 더 넘기면서 좋아하는 영웅과 자동차, 과자, 단어, 조각상, 색깔, 그리고 식물을 순서대로 물었다.

"퀴즈가 끝나는 즉시 클릭드는 여러분의 답변을 비교해서 분석합니다. 하지만 누가 여러분의 친구가 될지 바로 알려 주지는 않습니다. 그러면 재미가 없으니까요. 클릭드는 화면의 불빛과 알림음, 그리고 힌트를 통해 여러분에게 가장 잘 맞는 친구 열 명을 알려 줍니다. 그럼 몇 단계 건너뛰겠습니다. 지금은 시연이니까요."

앨리가 휴대폰의 버튼을 누르자 갑자기 객석 맨 뒷줄에서 휴대폰 벨소리가 크게 울려 퍼졌다. 휴대폰 주인으로 보이는 남자가 깜짝 놀라 어리벙벙한 표정을 지었다.

"잠시 일어나 주시겠어요?"

앨리가 휴대폰을 한 번 더 누르자, 이번에는 맨 앞줄에서 휴대폰 벨소리가 울렸다. 한 여자가 자리에서 일어나 뒤를 돌아보았다.

"축하합니다! 만약 클릭드를 하셨다면, 두 분은 서로의 친구 순위판에 이름을 올리셨을 거예요."

두 사람은 서로를 향해 손을 흔들었다.

"바로 이것이 클릭드의 기본 틀입니다. 여러분이 퀴즈를 풀면 알고리즘이 여러분과 가장 공통점이 많은 사용자가 누구인지 파악합니다. 그리고 휴대폰의 위치 확인 기능을 기반으로 사용자에게 가까이에 있는 친구의 존재를 알려 주는 것이지요."

박수와 환호가 쏟아졌다. 어색하게 서 있던 두 사람은 도로 자리에 앉았다.

앨리는 활짝 웃는 코트니와 눈을 맞춘 뒤 다시 객석을 마주했다. 세계의 정상에 올라선 듯한 기분이었다.

"새로운 사용자가 들어오면 순위판의 친구 순위는 실시간으로 바뀝니다."

대형 스크린에 코드걸스 캠프 때의 사진이 떴다. 앨리와 친구들이 휴대폰을 높이 쳐들고 컴퓨터 사이를 뛰어다니며 순위판에 올라갈 친구를 찾고 있는 모습을 찍은 것이었다.

"순위판에 올라갈 친구가 백 미터 이내로 들어오면 두 사람의 휴대폰 화면은 파란빛으로 반짝입니다. 그리고 이런 알림음이 울릴 거예요. '블룹!' 믿기 힘드시겠지만 전문 용어예요. 무조건 외우셔야 합니다."

객석에서 웃음이 터져 나왔다. 앨리는 흡족한 미소를 지었다.

"두 사람이 점점 가까워져서 간격이 삼십 미터 이내가 되면, 화면이 노란빛으로 바뀌고 알림음이 두 번 울립니다. 다시 십 미터 이내가 되면 빨간빛으로 바뀌고 알림음이 세 번 울리면서 상대방에 대한 힌트까지 뜨는 거죠. 그 힌트란 바로 서로의 인스타그램에서 추출한 사진입니다."

앨리는 더 이상 선생님 쪽을 쳐다보지 않았다. 이젠 그럴 필요가 없었다.

"상대방을 찾아서 서로의 순위를 확인하기 위해서는 두 대의 휴대폰을 나란히 맞대면 됩니다. 그러면 이런 축하음이 울릴 거예요. '우후!'"

앨리는 관객들과 함께 큰 소리로 웃었다.

"이것 또한 함께 셀카를 찍으라는 전문 용어예요. 셀카는 클릭드의 전체 사용자에게 전송되어서 새로운 클릭드 친구의 탄생을 알립니다. 저는 여기에 '클릭픽'이라고 이름 붙였어요."

앨리가 슬라이드를 넘기자 코드걸스 친구들의 사진이 줄줄이 이어졌다. 마지막으로 코트니의 클릭드 프로필이 스크린에 떴다.

"제 친구 코트니를 소개할게요. 저와는 서로 1순위의 친구죠."

코트니와 앨리가 어깨동무한 사진이 나오자, 코트니가 무대로 걸어 나와 앨리 옆에 서서 팔짱을 꼈다.

"물론 퀴즈에 같은 답을 했다고 해서 바로 우정이 생기는 것은 아닙니다. 그렇지만 저희 두 사람의 경우에는 클릭드 덕분에 서로에게 공통점이 얼마나 많은지 알게 되었어요."

앨리와 코트니는 마주 보고서 동시에 손가락을 딱 소리 나게 튕겼다.

"클릭! 서로 얼마나 잘 맞는지 말이죠."

두 사람이 허리 숙여 인사하자 강당이 떠나갈 듯 박수와 환호성이 터져 나왔다. 둘은 손을 흔들며 무대 뒤로 걸어갔다. 진행자가 무대로 나와 앨리를 격려한 뒤 다음 발표자를 소개했다.

앨리와 코트니는 커튼 뒤로 들어갔다. 관객들의 시야를 벗어나자마자 코트니가 앨리를 와락 껴안았다.

"너, 완전 멋졌어!"

코트니는 뒤로 조금 물러서서 앨리의 양팔을 꽉 잡더니 두 눈을 똑바로 쳐다보았다.

"걱정할 거 하나도 없어. 너희 선생님이 클릭드를 마음에 쏙 들어 하실 테니까!"

"제발 그랬으면 좋겠다!"

전체 발표가 끝나기가 무섭게 슬레이드 선생님이 무대 뒤로 찾아왔다. 앨리는 행운을 짜내기라도 하듯이 코트니의 손을 꽉 쥐었다.

방학 후 선생님을 처음 만나는 것이지만 모든 것이 그대로였다. 갈색 피부는 여전히 윤기가 돌았고, 눈빛은 따뜻하고 다정했으며, 언제나 그렇듯이 귀에는 귀걸이가 달랑거렸다.

순간, 앨리의 얼굴이 밝아졌다.

"클릭드 로고로 귀걸이를 만드셨네요?"

귀걸이는 슬레이드 선생님의 트레이드 마크였다. 피자 조각에서 미니어처 전동 드릴, 전구 모양까지……, 매일매일 새로운 모양의 귀걸이를 착용했다. 모두 다 선생님이 3D 프린터로 직접 만든 것이었다.

선생님이 귀걸이를 손끝으로 톡톡 건드렸다.

"물론이지. 네 것도 한 쌍 만들어 뒀어. 다음 주말에 있을 '좋은 세상을 위한 게임' 무대에 설 때 하면 괜찮을 것 같아서."

코트니가 앨리의 팔을 꽉 쥐었다.

"진짜로요?"

앨리가 얼떨떨한 표정으로 되묻자 선생님이 고개를 끄덕였다.

"지난주 내내 심사위원으로 빙의해서 클릭드 코드의 빈틈을 찾으려고 애를 썼어. 하지만 인정할 수밖에 없었지. 네가 만든 코드는 아주 견고한 것 같아."

"코드걸스 친구들이 여름 내내 테스트해 줬어요. 얘들이 발견하지 못한 건 아무도 못 찾아요!"

"시연도 완벽했어. 심사위원들도 분명히 클릭드를 좋아할 거야."

코트니가 더 이상 참지 못하고 큰 소리로 외쳤다.

"거봐! 내 말이 맞지?"

앨리는 전에도 앱을 만든 적이 있었다. 친구들과 할 수 있는 간단한 게임이나 엄마 아빠가 좋아할 만한 낱말 퍼즐 같은 거였다. 하지만 클릭드같이 정식 게임 앱은 처음이었다. 앨리는 스스로가 몹시 자랑스러워 가슴이 터질 것만 같았다.

선생님이 앨리의 눈을 똑바로 쳐다보며 물었다.

"자, 그럼 확실히 하자. 앨리 나바로, 이번 주 토요일에 넌 뭘 할 예정이라고?"

앨리는 결전에 임하는 표정으로 대답했다.

"좋은 세상을 위한 게임 대회에 나가 수천 명의 관객들 앞에서 클릭드를 발표할 예정이에요."

앨리는 진지하게 말하려고 했지만 자꾸만 입꼬리가 실룩거렸다.

슬레이드 선생님이 주먹을 들어 앨리의 주먹과 맞부딪쳤다.

"딱 오늘 한 만큼만 해. 그러면 대박 날 거야."

선생님은 무대에서 내려가다 말고 한마디 툭 덧붙였다.

"이제 아무것도 건드리지 말고."

개학 첫날

사용자 1

개학 후 처음 맞는 점심시간이었다. 앨리는 식판을 손에 들고 심호흡을 했다.

'괜찮아. 다들 좋아할 거야.'

앨리의 친구들은 늘 앉던 탁자에 모여 있었다. 조가 앨리를 발견하자마자 달려와 얼싸안았다.

"오늘 스쿨버스 안 탔어?"

"응, 아빠 차로 왔어."

이번엔 에마가 다가와 조를 밀어냈다. 매디도 자리에서 일어나 앨리 옆자리를 차지하기 위해 아웅다웅했다.

에마가 앨리의 팔짱을 끼며 물었다.

"집에는 언제 왔어?"

"어젯밤 늦게. 기숙사 방 정리하고, 짐 챙기고, 같이 지낸 친구들하고 인사하느라 생각보다 오래 걸렸어. 게다가 엄마 아빠가 이런 날은 꼭 외식을 해야 한다고 하셔서……."

"참! 좋은 세상을 위한 게임 대회에는 나가게 됐어?"

조의 질문이 끝나기 무섭게 앨리가 고개를 끄덕였다.

"와, 역시! 잘될 줄 알았다니까!"

"우린 다 그럴 줄 알고 있었어!"

에마가 환호성을 지르자 매디도 덩달아 맞장구쳤다.

앨리는 친구들과 함께 탁자로 우르르 몰려갔다. 지난 학기 내내 그랬던 것처럼 조와 매디 사이에 자리를 잡아 앉았다. 조가 장난스러운 표정으로 앨리의 어깨를 쿵 때렸다.

"얼마나 보고 싶었다고!"

"내가 더 보고 싶었거든?"

앨리는 빙긋 웃으며 똑같이 조의 어깨를 쿵 쳤다. 그러고는 턱을 괴고 친구들을 바라보았다.

"여름 방학 내내 너희를 못 보다니, 정말 상상도 못 했던 일이야. 내가 없는 사이에 뭐 했어? 빨리 말해 봐. 참! 너희 축구 토너먼트 원정 갔잖아. 어디가 제일 좋았어?"

매디와 조가 동시에 외쳤다.

"오리건!"

"타호 호수!"

에마가 손바닥으로 탁자를 내리쳤다.

“말도 안 돼! 둘 다 장난치는 거지? 최고는 두말할 것도 없이 샌디에이고지!”

“무슨 소리야? 샌디에이고가 얼마나 푹푹 쪘는지 벌써 잊었어? 거기 있는 내내 38도가 넘었을걸? 시커먼 운동장에서 하마터면 녹아 없어져 버릴 뻔했다니까!”

에마는 매디의 반박을 듣는 둥 마는 둥 했다.

“호텔에 수영장이 있었어. 첫 경기가 끝나고 호텔에 도착한 뒤 다 같이 수영장으로 직행했지. 축구화만 벗어 던진 다음에 손에 손을 잡고 제일 깊은 곳으로 풍덩! 유니폼을 다 입은 채로 말이야!”

축구 토너먼트는 초등학교 3학년 때 이후로 한 번도 빠진 적이 없는 행사였다. 앨리는 방학 내내 자신만의 세계에 푹 빠져 있느라 친구들이 뭘 하고 지내는지 한 번도 생각해 보지 못했다. 그런데 문득 친한 친구들이 함께 보낸 두 달간의 기억 속에 자기만 빠져 있다고 생각하자 새삼스레 기분이 이상했다.

“잠깐만! 너희 뭐, 잊은 거 없어? 와플 말이야!”

조가 두 팔을 치켜들며 외치자 에마가 한숨을 푹 내쉬었다.

“쟤, 또 시작이네.”

“조식 뷔페에 와플 굽는 기계가 있었거든. 이렇게 뚜껑이 들리는 거였는데, 한 번에 와플을 두 개씩 구울 수 있어.”

앨리가 조의 머리를 쓰다듬었다.

“와플이 그렇게 맛있었어?”

“겉은 바삭하고 안은 보드랍고. 이 세상의 와플이 아니었다고!”

아이들은 투닥거리며 앞다투어 제 할 말만 쏟아 내고는 연신 깔깔거리며 웃어 댔다.

"어쨌든 중요한 건, 우리가 너를 무지 보고 싶어 했다는 거야."

"그것도 매일매일."

방학 때의 일을 떠올리는지 잠시 동안 다들 말이 없었다. 맨 먼저 침묵을 깬 건 에마였다.

에마가 조에게 조심스럽게 속삭였다.

"어쨌든 이번 여름 방학이 환상적이었던 건 사실이야. 안 그래?"

"에이, 너희가 자꾸 그러면 앨리가 섭섭하잖아. 코딩 캠프도 진짜 대단했을걸?"

매디의 말이 약간 비꼬는 것처럼 들렸지만, 앨리는 그냥 모르는 척하기로 했다. 호텔 수영장이나 축구 토너먼트 여행은 없었지만, 코딩 캠프도 나름대로 재미있었으니까. 더군다나 와플 기계는 대학교 안의 학생 식당에도 있었다.

앨리가 샌드위치의 포장지를 벗기며 짐짓 아무렇지 않은 듯이 말했다.

"사실은 나도 여름 내내 엄청 재미있었어."

조가 다른 친구들을 둘러보더니 대표로 질문을 던졌다.

"진심이야? 컴퓨터 교육 캠프가 '재미'있었다고?"

"응, 물론 나도 너희가 무척 보고 싶었어. 그런데 캠프도 기대 이상이었다는 거지."

아무도 호응해 주지 않자, 앨리는 곧바로 말을 이었다.

"대학교 기숙사에서 지내서 그런지 진짜로 대학생이 된 것 같은 기분이더라고. 룸메이트였던 코트니도 좋았고, 다른 애들도 다 좋았어."

앨리는 말이 점점 빨라지는 것을 느끼면서도 멈추지 않았다.

"컴퓨터실은 또 얼마나 멋졌는데! 사방의 벽이 다, 그러니까 바닥에서 천장까지 통유리창이어서, 우리끼리는 '어항'이라고 불렀어. 컴퓨터 속도도 얼마나 빠른지……. 게다가 대형 모니터에 온갖 기기가 다 구비되어 있어서 마치 천국에 온 느낌이었어."

친구들은 어항 얘기쯤에서 이미 흥미를 잃었지만 앨리의 이야기를 끝까지 들어 주었다.

"정말 재미있었겠다. 그런데 여름 내내 만들던 건 어떻게 됐어?"

에마가 한번 보자는 듯이 손바닥을 내밀었다.

앨리는 주변에 선생님이 없는 것을 확인한 다음, 바지 뒷주머니에서 휴대폰을 꺼냈다.

"너희한테 빨리 보여 주고 싶어서 죽는 줄 알았……."

"말도 안 돼!"

그때 갑자기 매디가 앨리의 말을 뚝 끊으며 소리쳤다.

"왜 그래?"

조가 깜짝 놀라서 묻자, 매디는 다른 탁자에 앉아 있는 크리스 오빠를 가리키며 울상을 지었다.

"머리가, 머리가 짧아졌어."

크리스 오빠는 작년 여름부터 매디의 집중력을 이 분 이상 붙잡아 둘 수 있는 유일한 사람으로 등극했다. 앨리는 내심 이번 방학 동안 매디의 마음이 바뀌기를 바랐지만 전혀 그렇지 않은 모양이었다.

"수영 대회가 이 주 전이었잖아."

조가 친구들의 멍한 눈빛을 보고 덧붙였다.

"수영 선수들은 결선 전에 저렇게 머리를 깎아. 저항을 줄이면 기록이 단축되니까. 우리 오빠는 겨드랑이하고 가슴, 심지어 다리털도 다 싹 밀었어."

"으, 진짜?"

에마가 콧잔등을 찡그렸다. 앨리와 친구들은 고개를 돌려서 크리스 오빠의 다리 쪽을 유심히 살펴보았다.

"머리가 짧은 게 더 귀여운 것 같아. 이제 눈이 잘 보이잖아."

앨리 말에 조가 맞장구를 쳤다.

"맞아. 게다가 저런 어깨에 치렁치렁한 머리카락은 거추장스러울 뿐이라고. 무슨 말인지 알지? 저 어깨 좀 봐."

매디는 여전히 뿌루퉁한 표정으로 한숨을 내쉬었다.

"그렇긴 하지만……, 그래도 난 긴 머리가 좋았단 말이야."

매디의 투정은 끝날 기미가 보이지 않았다. 앨리는 더 이상 참지 못하고, 손에 든 휴대폰을 흔들었다.

"어쩌면 크리스 오빠가 매디의 친구 순위판에 있을지도 몰라!"

매디가 무슨 소리냐는 듯이 눈살을 찌푸렸다.

교칙상 마지막 수업이 끝나기 전까지는 교내에서 휴대폰을 쓸 수가 없었다. 앨리는 친구들에게 가까이 다가오라고 손짓했다. 네 사람은 휴대폰이 가려지도록 무릎을 맞대고 몸을 숙였다.

앨리는 휴대폰 바탕화면에 설치한 클릭드 아이콘을 눌렀다. 앱이 실행되면서 '클릭할 준비가 되었나요?'라는 안내 메시지가 떴다. 앨리는 가슴이 벅찼다.

"클릭드를 처음 시작할 땐 기본 항목을 작성해서 프로필을 만들어야 해. 이건 내 프로필이야. 어떤 과목을 좋아하는지, 무슨 운동을 즐기는지, 좋아하는 게임은 뭔지, 친구를 사귈 때 뭘 중요하게 생각하는지…… 등등, 그런 질문에 대답하는 거야. 기본 항목 작성이 끝나면 이제 50개의 퀴즈가 나와. 자기가 좋아하는 걸 고르는 거지. 에마, 네가 자주 하는 온라인 퀴즈하고 비슷해."

"나, 퀴즈 되게 좋아해!"

"내 말이! 네 생각 하면서 떠올린 아이디어야."

에마는 기분이 좋은지 싱긋 웃었다.

"퀴즈를 다 풀면 클릭드 시스템이 사용자의 취향을 분석해서 잘 맞는 사람들끼리 순위를 정해 줘. 재미있는 건 이제부터야. 누가 나랑 잘 맞는지를 바로 알려 주는 게 아니거든. 그 사람에 대한 힌트를 가지고 직접 찾아야 해."

"보물찾기하고 비슷하네?"

조가 관심을 보이자 앨리는 신이 나서 말했다.

"바로 그거야!"

매디가 휴대폰을 더 잘 보려고 얼굴을 쑥 내밀었다.

"그런데 누가 누구하고 잘 맞는지를 어떻게 아는 거야?"

앨리는 친구들 앞에서 어려운 컴퓨터 용어를 쓰기가 뭣해서 최대한 쉽게 설명했다.

"그래서 아까 말한 퀴즈 단계가 있는 거야. 난 그 원리를 알아내려고 가짜 계정을 만들어서 데이트 앱 가입까지 했어. 클릭드는 사람들의 공통점을 찾아. 사실 그게 전부야. 겹치는 대답이 많을수록 점수가 올라가. 점수가 높을수록 순위판의 순위가 높아지는 거고."

앨리는 다시 이전 화면으로 돌아가서 순위판의 아이콘을 눌러 스크롤을 내렸다. 사진이 여러 장 지나갔다.

"이건 코드걸스 캠프 친구들하고 내 순위야."

그때 낯선 목소리가 불쑥 끼어들었다.

"여기서 뭘 하고 있는 거지?"

앨리는 고개를 번쩍 들었다. 에마 등 뒤에 교장 선생님이 서 있었다. 선생님은 앨리 일행이 만든 원 위로 막 허리를 숙이려던 참이었다. 앨리는 잽싸게 휴대폰을 주머니에 숨겼다.

조가 아무렇지도 않은 척하며 대답했다.

"아, 아무것도 안 하는데요? 앨리가 재미있는 이야기를 해 주고 있었어요."

앨리와 친구들은 재빨리 제자리로 돌아갔다.

"그렇다면 나는 휴대폰을 보지 못한 거겠구나. 그렇지?"

앨리가 대답하기도 전에 매디가 선생님을 쳐다보며 다정하게 물었다.

"선생님, 여름 방학은 잘 보내셨어요?"

선생님은 매디가 일부러 화제를 바꾸려 질문했다는 것을 눈치채고서도 일단 그냥 넘어가기로 한 것 같았다. 새 학기 첫날이니까.

"아주 잘 지냈지. 아이들을 데리고 워싱턴 D. C.하고 뉴욕에 다녀왔어. 너희에게도 추천할게. 아무튼 머서 중학교로 돌아온 걸 환영한다."

선생님은 다른 아이들을 살피기 위해 금방 자리를 떴다.

앨리는 교장 선생님이 시야에서 완전히 사라질 때까지 기다렸다가, 다시 조심스럽게 휴대폰을 꺼냈다.

"이거, 너희도 해 볼래?"

"당연하지!"

조는 큰 소리로 외친 뒤 에마와 매디를 바라보며 씩 웃었다.

사실 앨리는 지난밤에 머서 중학교 그룹을 새로 만들어 두었다. 그러면 학교 친구들과 코드걸스 친구들을 분리해 관리할 수 있으니까.

앨리가 몸을 숙여서 휴대폰을 가린 뒤 '시작하기' 버튼을 꾹 눌렀다. 곧 휴대폰 연락처가 서로 연결되었다. 세 친구의 이름 옆에 있는 상자를 모두 체크한 뒤 차례로 얼굴을 쳐다보며 물었다.

"시작한다?"

세 친구 모두 고개를 끄덕이자, 앨리는 곧바로 '초대하기' 버튼을 눌렀다.

"우선 안전한 곳으로 자리를 옮기자."

매디가 의미심장한 표정을 지었다.

앨리와 친구들은 교장 선생님과 다른 아이들의 눈을 피해 급식실을 빠져나갔다. 네 사람은 중앙 현관에서 과학관으로 이어지는 한적한 길목으로 가서 동그랗게 모여 앉았다. 각자 휴대폰을 꺼내 퀴즈를 푸는 동안, 앨리는 몸을 배배 꼬며 지루하게 기다렸다.

"오, 이거 생각보다 재미있는데!"

조가 깔깔거렸다.

매디는 혼잣말을 중얼거리며 신중하게 퀴즈를 풀었다. 마침내 에마가 숨을 죽이고 킥킥대자 앨리는 더 이상 참지 못하고 끼어들었다.

"나, 궁금해서 죽을 것 같아!"

앨리가 에마의 어깨에 턱을 얹고 퀴즈를 보며 칭얼거렸다.

"참! 화면 아래에 '시작하기' 버튼이 보이면 누르지 말고 기다려. 그건 내가 말할 때 눌러야 해."

그러자 조가 고개를 번쩍 들었다.

"내 사진 앨범이랑 인스타그램 계정에 접근을 허용하라는 메시지가 떴어. 이건 어떻게 해?"

"허용한다고 해. 인스타그램에서는 너에 관한 힌트를 끌어올 거고, 사진 앨범에는 '클릭픽'을 저장할 거야."

앨리가 대답하자 에마가 물었다.

"클릭픽이 뭔데?"

"금방 알게 될 거야."

잠자코 있던 매디가 화면을 가리키며 고개를 갸웃했다.

"내 휴대폰 연락처에 접근을 허용하래."

"그것도 허용한다고 해. 그래야 네가 친구를 초대할 수 있어."

세 친구는 앨리의 말대로 클릭드 설치를 완료했다. 앨리는 시멘트 바닥을 발로 툭툭 차며 시간을 확인했다.

"점심시간이 십오 분 정도 남았어. 일단 흩어지자. 서로에게서 최대한 멀리 떨어진 뒤에 '시작하기' 버튼을 누르면 돼."

앨리는 머리 위로 크게 원을 그려 보였다.

"그런 다음에 교내를 돌아다니면서 서로를 찾는 거야. 그러는 동안 휴대폰 화면을 잘 봐야 해. 화면이 파란색이 되면 누군가 백 미터 안으로 들어왔다는 뜻이야. 노란색으로 변하면 삼십 미터, 빨간색은 십 미터. 그러니까 코앞에 있다는 뜻이지. 서로를 찾은 뒤엔 휴대폰 옆면을 나란히 붙이면 돼."

"그다음에 어떻게 되는데?"

에마의 질문에 앨리가 싱긋 웃으며 아까와 똑같이 대답했다.

"금방 알게 될 거야."

에마와 조, 매디는 서로의 얼굴을 보며 한바탕 깔깔 웃고는 각자 다른 방향으로 달려갔다.

일 분 정도 지났을까? 앨리의 휴대폰이 '블룹!' 하고 울렸다. 화면도 파랗게 밝아졌다. 앨리는 매디가 간 방향으로 쏜살같이 달리기 시작했다. 도서관을 지나자 휴대폰 화면이 노란색으로 변했다.

"블룹, 블룹."

앨리는 정원을 가로질러 몇 걸음 내려간 다음에 농구 코트를 지나 체육관 건물로 들어갔다. 남학생 탈의실을 지나 계단으로 향하면서 휴대폰 화면을 힐끗거렸다.

"점점 가까워지고 있어. 누구지? 어디 있어?"

"블룹, 블룹, 블룹."

앨리는 알림음을 듣고 그대로 멈춰 서서 휴대폰을 확인했다. 붉은빛이 깜빡이는 화면에는 어깨동무한 에마와 조의 사진이 떠 있었다. 계단에 가까워질수록 깜박이는 속도가 더 빨라졌다.

계단을 한 걸음에 두 칸씩 뛰어오른 뒤 고개를 들어 보니, 에마가 맨 위칸에 서서 휴대폰을 높이 치켜들고 있었다. 화면에는 네 친구가 축구 시합 때 찍은 사진이 떠 있었다.

에마가 자리에서 팔짝팔짝 뛰며 외쳤다.

"이 앱, 진짜 끝내준다!"

앨리가 휴대폰을 에마에게 내밀었다.

"네 휴대폰을 내 거 옆에 나란히 대 봐."

에마가 휴대폰을 갖다 대자 두 사람의 휴대폰이 동시에 부르르 떨렸다. 곧이어 붉은빛과 사진 힌트가 사라졌다. 두 사람은 계단에 앉아 각자의 휴대폰을 내려다보았다. 하얀 불빛이 번쩍하고 지나간 뒤 화면에 순위판이 나타났다.

에마가 콧잔등을 찡그렸다.

"애개, 겨우 3위야?"

앨리가 대답할 새도 없이 에마의 폰에서 '우후!' 하는 축하음이 울리며 카메라 앱이 자동으로 켜졌다.

"에마, 이게 바로 '클릭픽'이야. 둘이서 셀카를 찍으면 전체 사용자한테 발송돼. 우리가 새로운 클릭드 친구가 된 걸 인증하는 거지."

두 사람은 뺨을 맞댄 다음에 휴대폰을 든 손을 앞으로 쭉 뻗었다. 그때, 앨리와 에마의 휴대폰이 동시에 '블룹, 블룹.' 하고 울리면서 화면이 노란빛으로 깜박였다.

"누가 오고 있어!"

앨리가 휴대폰을 높이 쳐들자 에마도 똑같이 따라 했다. 이윽고 두 사람의 휴대폰 화면이 빨갛게 바뀌면서 알림음이 세 번 울렸다. 에마가 휴대폰에 뜬 사진을 앨리에게 보여 주었다. 앨리의 휴대폰에는 매디가 방에서 찍은 셀카가 떴고, 에마의 휴대폰에는 조가 수영 대회에 출전한 오빠와 찍은 사진이 나타났다.

"난 조야!"

"나는 매디!"

'블룹' 소리는 계단 위쪽과 아래쪽에서 동시에 들려왔다.

"둘이 다른 방향에서 오고 있어!"

에마의 말이 끝나기 무섭게 위쪽에서는 매디가, 아래쪽에서는 조가 모습을 드러냈다. 에마와 앨리는 동시에 웃음을 터뜨렸다.

"미친 거 아니야? 이거 너무 재밌잖아!"

매디가 휴대폰을 앨리의 휴대폰에 나란히 대며 외쳤다.

"내 말이!"

조도 맞장구를 치면서 에마와 친구를 맺었다.

이제 앨리는 조와, 매디는 에마와 휴대폰을 맞댔다. 네 사람이 숨을 죽이고 기다리는 동안, 각자의 순위가 매겨지기 시작했다. '우후!' 네 사람의 휴대폰에서 동시에 축하음이 울렸다.

"이건 또 무슨 소리야?"

"다 같이 사진을 찍으라는 거야. 그러면 사진이 전체 사용자한테 발송돼서 우리가 클릭드 친구가 되었다는 걸 인증하는 거지."

매디가 깔깔대며 묻자 앨리가 씩 웃으면서 대답했다.

조가 네 사람의 머리 위로 동그랗게 원을 그렸다.

"전체 사용자라는 건 우리 넷을 말하는 거야?"

"뭐, 지금은. 대회가 끝나는 토요일까지는 우리 넷뿐이야. 그날 이후에 우리가 다른 애들을 더 초대하면 돼."

매디가 휴대폰을 들여다보며 중얼거렸다.

"아직까지는 다른 애들이 없어서 순위판에 누가 올라오는지 알 수가 없네. 이것 좀 봐. 죄다 물음표야. 이렇게 물음표투성이로 놔둘 순 없어. 안 그래?"

조가 맞받았다.

"내 말이! 사용자가 더 많아야 해."

"그렇지? 여기에 있는 애들이 몽땅 다 들어와야 해!"

매디가 안경을 톡톡 치며 외치자 에마가 거들고 나섰다.

"전교생이 다 오면 더 좋고."

앨리는 다른 아이들과 앱을 공유하자는 의견에 찬성하지만, 아직은 때가 아니라는 생각이 들었다.

"다음 주까지만 기다려 줘. 대회가 끝날 때까지만. 그다음에는 너희가 클릭드 공식 홍보팀이 되어 주는 거야!"

하지만 세 친구는 그것만으로는 뭔가 부족한 눈치였다.

매디가 몸을 쭉 빼고 주변을 둘러보았다.

"글쎄……. 앨리, 지금 약 900명의 학생들이 이곳에서 적어도 여덟 시간 이상의 시간을 보내고 있어. 게다가 오늘은 개학 첫날이잖아. 1학년 아이들은 서로가 굉장히 낯설 거야. 2학년이나 3학년이 된 아이들도 새 친구를 찾고 싶을 거고."

"무슨 말이 하고 싶은 거야?"

앨리가 묻자 매디가 기다렸다는 듯이 대답했다.

"네가 참가하는 대회에서 가장 중요하게 생각하는 게 뭐야? 이 앱이 세상 사람들에게 얼마큼 도움이 되는가 하는 거 아니야? 만약 우리 학교 아이들에게 클릭드가 직접적으로 도움이 된 사례를 모으면, 오히려 발표가 더 완벽하게 마무리되지 않을까?"

조가 매디를 향해 엄지를 척 들어 보였다.

"매디 말이 맞아."

앨리는 곰곰이 생각에 잠겼다. 자기야말로 클릭드가 현실에서 어떻게 작동할지 누구보다 궁금한 사람이었다. 테스트 결과만 놓고 보면 수백, 아니 수천 명의 사용자가 동시에 로그인해도 거뜬히 소화할 수 있을 것 같았다. 발표 자료에 성공 사례를 추가한다는 생각도 꽤 그럴듯하게 느껴졌다. 그런데 그만큼 위험 부담이 커질 터였다.

앨리는 마음을 다잡았다.

"혹시라도 앱이 오류를 일으킬지도 몰라. 그렇게 아슬아슬하게 대회를 치를 순 없잖아? 딱 일주일만 기다려 줘. 그다음에는 마음대로 해도 좋아."

오래된 맞수

사용자
4

앨리는 빙그레 웃으며 컴퓨터실 문을 열었다. 휴대폰을 나란히 대고 순위판에 서로의 이름을 올리며 환호하던 친구들의 모습이 눈에 선했다. 여름 내내 두근거리며 바라던 일이 실현된 셈이었다. 어서 빨리 집에 가서 코드걸스 친구들에게 학교에서 한 첫 번째 테스트 결과를 알려 주고 싶었다. 코트니는 분명히 앨리만큼 기뻐할 터였다. 다른 친구들도 마찬가지고.

학생들이 속속 교실로 들어와 자리에 앉았다. 앨리는 작년에 즐겨 앉았던 자리가 비어 있는 걸 보고 괜스레 기분이 좋아졌다. 그때 슬레이드 선생님이 앨리를 불렀다.

"앨리, 잠깐 이리 와 볼래?"

선생님 앞에는 네이선 프레데릭슨이 서 있었다. 앨리는 자기도 모르게 눈살을 찌푸렸다.

앨리와 네이선은 같은 초등학교를 다녔다. 심지어 방과 후 컴퓨터 수업을 내내 함께 들었다. 해마다 컴퓨터 경진 대회에 같이 참가했고, 과학 경시 대회에도 나란히 나가서 경쟁했다.

그런데 어찌 된 일인지 매번 앨리가 네이선에게 뒤처졌다. 게다가 네이선은 걸핏하면 그 사실을 들먹이며 앨리의 속을 긁어 댔다. 앨리에게 적이라고 할 만한 사람을 굳이 뽑으라고 한다면, 그 딱 한 명이 바로 네이선이었다.

네이선은 커다란 포켓몬볼이 그려진 흰색 티셔츠에 헐렁한 빈티지 청바지, 그리고 까만색 반스 운동화를 신고 있었다. 방학 전보다 키가 조금 더 자란 것 말고는 딱히 달라진 게 없었다. 주근깨투성이 뺨도, 덥수룩한 빨간 머리도 그대로였다.

앨리가 내키지 않은 얼굴로 인사를 건네자 네이선도 마지못한 표정으로 한마디 툭 던졌다.

"자, 이제 형식적인 인사는 끝난 거지?"

선생님은 두 사람 사이의 미묘한 신경전을 눈치채고는 큰 소리로 웃음을 터뜨렸다.

"두 사람의 얼굴을 직접 보고 축하해 주고 싶어서 불렀어. 좋은 세상을 위한 게임 대회에 제자를 두 명이나 내보내게 되어서 정말로 기쁘구나."

"네?"

앨리가 깜짝 놀라서 되물었다. 선생님이 네이선에게도 멘토링을 해 주고 있을 줄은 꿈에도 몰랐기 때문이다. 앨리는 네이선을 힐끗 쳐다보았다. 네이선의 얼굴에서도 핏기가 가시고 있었다.

“앨리도 그 대회에 나가나요?”

“응, 지난주에 추천됐어. 앨리가 만든 앱을 보면 입이 쩍 벌어질걸. 보통이 아니거든. 앨리, 너도 네이선이 여름 내내 만든 게임을 보면 깜짝 놀랄 거야!”

선생님은 신이 난 듯 손바닥으로 책상을 톡톡 두드렸다.

앨리는 입을 꾹 다물었다. 네이선도 말이 없었다. 두 사람은 애써 서로의 눈길을 피했다.

“자, 이제 나는 멘토로서 두 사람이 대회 준비를 철저하게 할 수 있도록 도울 생각이야. 코드는 둘 다 아주 견고해. 이제 심사위원들에게 감동을 안길 방법을 찾는 것만 남은 셈이지. 오늘 학교에 오는 길에 생각난 건데, 컴퓨터반 친구들 앞에서 앱을 시연해 보는 게 어때?”

두 사람은 아무 대답이 없었다. 선생님 귀에서 이두박근 모양의 노란색 귀걸이가 달랑거렸다.

앨리는 선생님 말씀이 한 마디도 귀에 들어오지 않았다. 그저 걱정만 될 뿐이었다. 땀으로 축축해진 손바닥을 청바지에 연신 문질렀다.

“아이들 앞에서 앱을 시연할 수는 있어요. 그런데 지금은 코드걸스 발표 때 썼던 투표 앱이 없잖아요.”

“얼른 하나 만들면 되지 않을까?”

“될 것 같긴 한데……. 그런데 전, 제일 친한 친구 세 명한테만 공개할 생각이었거든요. 대회가 끝난 뒤에 전체에게 공개를 하려고요.”

네이선은 앨리를 쳐다보며 눈썹을 치켜세웠다. 말없이 질문을 던지고 있었다. 앨리는 짐짓 네이선을 똑바로 보며 말했다.

"코드가 불안정해서 이러는 거 아니야. 코드는 아주 견고해."

"나도 그럴 거라고 생각해."

네이선의 말에서 조금도 진심이 느껴지지 않았다.

앨리는 네이선의 대꾸를 무시했다.

"코드는 견고해요. 그냥 대회가 오 일밖에 남지 않았는데, 괜히 찜찜한 일 만드는 게 싫을 뿐이에요."

선생님이 앨리에게 미소를 지어 보였다.

"무슨 말인지 잘 알아. 그냥 간단히 연습이나 해 보자는 거야. 컴퓨터반 아이들에게 앱을 내려받게 하려는 게 아니고."

앨리는 고개를 끄덕였다. 맞는 말이었다. 그런데도 앱을 공개한다고 생각하자 어처구니없을 만큼 가슴이 떨렸다. 코드걸스 캠프의 발표 무대에 섰을 때보다 더 그랬다.

그때 네이선이 대수롭지 않은 듯이 말했다.

"앨리는 어떤지 모르겠지만, 전 언제든 할 수 있어요."

"나도 마찬가지야."

슬레이드 선생님이 상황을 정리하려는 듯이 손뼉을 마주 쳤다.

"좋았어! 그럼 발표는 누가 먼저 할래?"

"저요!"

앨리와 네이선이 동시에 대답했다.

선생님은 책상 서랍을 열어서 25센트짜리 동전을 하나 꺼냈다.

"앞면이면 앨리가, 뒷면이면 네이선이 먼저 하는 거야."

선생님이 던진 동전이 책상에 떨어져 얼마 동안 빙그르르 돌다가 서서히 멈춰 섰다. 뒷면이었다.

"네이선이 먼저 하는 걸로."

앨리는 네이선의 의기양양한 눈빛을 마주 보았다.

그러는 사이에 앨리가 앉으려던 자리를 다른 아이가 차지해 버렸다. 앨리는 별수 없이 하나 남은 자리로 갈 수밖에 없었다. 맨 앞줄, 그것도 교탁 바로 앞인 데다 창문에서도 꽤 멀었다.

이윽고 수업 시작종이 울렸다. 슬레이드 선생님은 교단에 서서 아이들의 잡담 소리가 잦아들기를 기다렸다가 말문을 열었다.

"다들 여름 방학 잘 보내고 왔지? 다시 보니 반갑네. 그럼 방학 동안에 뭘 했는지 이야기 좀 들어 볼까? 먼저 말해 볼 사람?"

아이들이 차례로 일어나 방학 동안에 있었던 일을 이야기했다. 앨리는 듣는 둥 마는 둥 했다. 머릿속이 온통 곧 있을 발표 생각으로 꽉 차 있었다. 투표 앱 없이 어떻게 시연을 할지 계획을 세워야 했다.

잠시 후 선생님이 교탁에 기대어 서며 입을 열었다.

"이번 학기의 교과 진도를 설명하기 전에 알려 줄 빅뉴스가 있어. 내가 선생님이 되기 전에 스파이글래스에서 십 년 정도 게임 개발자로 일한 거 알지? 거기에서 일하는 동안 십 대를 대상으로 한 코딩 대회의 준비 작업을 맡았거든. '좋은 세상을 위한 게임 대회'라고. 지금은 회사를 떠났지만 대회의 멘토로 계속 참여하고 있어. 멘토가 하는 일은 재능 있는 청소년 개발자를 발굴해서 해마다 한 명씩 추천하는 거야. 그런데 올해에는 심사위원들을 설득해서 두 명을 추천했지. 그 주인공이 바로 네이선과 앨리야. 대회 역사상 최연소 참가자들이지. 오늘 수업 시간에는 두 사람이 대회에 출품할 앱을 시연해 보려고 해. 자, 모두 박수!"

네이선은 박수를 받으며 자리에서 일어나 앞으로 성큼성큼 나갔다. 노트북을 켜서 조작하자, 벽 쪽의 대형 스크린에 화려한 색깔의 집 모양 아이콘이 떴다.

곧이어 스크린 양쪽에서 멜빵바지 차림의 애니메이션 캐릭터 두 명이 나타났다. 캐릭터들은 집 앞으로 가더니, 품에 한 아름 안고 있던 알파벳 모형을 공중으로 휙 던져 올렸다. 그러자 알파벳이 우수수 떨어져 내리면서 지붕 위에 '빌트'라는 단어를 만들었다.

"저는 게임 캐릭터 간 상호 작용이 중요한 인터랙티브 앱을 출품할 예정입니다. 앱 사용자들은 서로 협력해서 집을 짓는데, 그 집이 곧 현실의 집이 되는 겁니다."

네이선이 아이콘을 클릭하자 스크린에 마을이 하나 나타났다. 차도와 인도, 늘어선 가로수 한쪽에는 작은 놀이터까지 있었다. 만화에나 나올 법한 작은 집이 인도를 따라 점점이 들어서 있었다.

"이 앱의 목표는 집을 짓는 것입니다."

앨리는 스크린을 뚫어져라 쳐다보았다. 파란색 티셔츠를 입은 여자 캐릭터가 사다리 위로 올라가 지붕에 망치질을 하고 있었다.

"앱을 시작할 때 사용자들에게는 목재와 간단한 연장, 못, 시멘트 같은 건축 자재가 주어집니다. 그렇지만 자재가 모두 떨어지면 앱 속의 철물점에 가서 물건을 사야 합니다."

네이선은 철물점이라는 간판이 붙은 건물을 가리켰다. 조그마한 캐릭터들이 철물점 안을 부지런히 드나들었다. 들어갈 때는 빈손이었지만, 나올 때는 연장이나 합판, 페인트 통 같은 것을 들고 있었다.

"건축 자재를 사려면 포인트가 필요합니다. 포인트는 이웃 캐릭터를 도와줄 때마다 일정액씩 쌓입니다."

네이선은 마우스 왼쪽 버튼으로 빨간색 티셔츠를 입은 캐릭터를 클릭한 다음, 오른쪽 버튼으로 길 건너 주택을 클릭했다. 그러자 캐릭터가 사다리에서 내려와 주택으로 이동했다. 그러고는 접었던 사다리를 펼쳐 벽에 대고 다시 올라가더니 파란색 티셔츠를 입은 캐릭터와 함께 망치질을 하기 시작했다.

캐릭터 하나하나가 어찌나 정교한지, 앨리는 온몸이 얼어붙는 듯한 충격에 휩싸였다. 저마다 피부색과 머리색이 달랐다. 옷 모양과 모자 모양도 제각각이었다. 길을 가로질러 다니는 방식만 같을 뿐, 각각의 구역이 아주 독특하게 설정되어 있었다.

앨리는 망치를 든 자그마한 캐릭터를 뚫어지게 쳐다보았다. 캐릭터는 나무판을 쌓아 차근차근 벽을 올리고 있었다. 벽이 생기는 속도는 캐릭터들이 협동하면서부터 훨씬 빨라졌다.

"재미있죠? 물론 여러분은 이 앱이 좋은 세상을 만드는 데 어떻게 이바지할지 몹시 궁금할 겁니다. 자, 이곳을 봐 주세요."

네이선이 스크린을 줌 아웃하자 동네 전체가 한눈에 내려다보였다.

"여기, 이 표지판들이 중요합니다."

처음에는 눈에 띄지 않았던 도로명 표지판과 거리에 세워진 간판들이 동네 곳곳에 흩어져 있는 게 보였다.

"비어 있는 표지판에는 후원 업체의 이름이 들어갈 예정입니다."

네이선은 다시 스크린을 줌 인해서 표지판 하나를 보여 주었다.

"어떤 업체인지 다 아시죠?"

네이선 말마따나 누구나 다 아는 업체의 로고였다. 인터넷에서 가장 인지도가 높은 회사니까.

컴퓨터실 뒤편에서 누군가 자신 있게 외쳤다.

"스파이글래스 로고잖아."

"그렇습니다. 물론 스파이글래스는 아직 빌트의 공식 후원 업체는 아닙니다."

네이선은 앨리를 빤히 보며 덧붙였다.

"그러나 제가 대회에서 우승한 뒤에는 그렇게 될 겁니다."

여기저기에서 탄성이 터져 나왔다. 앨리는 팔짱을 꼈다.

"사용자가 집을 한 채 지을 때마다 후원 업체는 해비타트에 1달러를 기부합니다. 모두 아시겠지만, 해비타트라는 비영리 단체는 세계 곳곳에서 집이 필요한 사람들에게 집을 지어 주는 활동을 하고 있습니다. 이 앱을 개발한 뒤로 제가 지은 집은 천 채가 넘고요."

네이선의 목소리에서 열정이 느껴졌다.

"만약에 후원 업체가 있었다면 천 달러를 모금할 수 있었겠죠. 그런데 게임 사용자가 백 명, 아니 천 명이라면 어떨까요? 후원사로 나선 곳이 대기업이고, 그런 곳이 스물, 아니 서른 곳쯤 된다면요? 집이 한 채 생길 때마다 1달러가 기부됩니다. 결과적으로 이 앱이 현실 세계에 좋은 영향을 미치게 되는 것입니다."

네이선은 노트북을 덮었다.

"이것이 빌트입니다. 좋은 세상을 만들기 위해 꼭 필요한 앱이죠."

앨리는 자신도 모르게 마음이 들떠 입꼬리가 실룩거렸다. 그러다 네이선이 경쟁자라는 사실을 기억해 내고는 애써 표정 관리를 했다.

곧이어 우레와 같은 박수갈채가 쏟아졌다. 네이선은 한껏 과장되게 인사를 하고는 자기 자리로 돌아갔다. 앨리 옆을 지나가면서 눈길도 주지 않았다.

잠시 후 슬레이드 선생님이 앨리를 불렀다. 앨리는 손이 떨리고 심장이 쿵쾅대기 시작했다. 자리에서 일어나 앞으로 걸어 나간 뒤 아이들을 찬찬히 둘러보았다.

'잘할 수 있어. 네이선 때문에 긴장할 거 없어.'

앨리가 휴대폰을 무선 프로젝터에 연결하는 동안, 선생님은 아이들에게 코드걸스 캠프를 소개했다. 전국 각지의 중학교에서 천 명 가까운 여학생들이 지원했는데, 앨리가 그중 최종 20인으로 선발되었다는 이야기도 잊지 않았다. 이윽고 선생님이 컴퓨터실의 불을 껐다.

앨리는 숨을 깊이 들이마신 뒤 발표를 하기 시작했다.

"여러분, 주위를 한번 둘러보세요. 이곳은 컴퓨터실입니다. 우리는 지난 학기 동안 함께 수업을 들었기 때문에 서로를 잘 알지요. 우리에게 공통점이 적어도 하나는 있다는 뜻이에요. 우리는 모두 코딩을 좋아하죠. 그런데 혹시 다른 공통점이 없는지 궁금해한 적은 없나요?"

앨리는 맨 앞줄에 앉아 있는 여학생을 가리켰다.

"어쩌면 쇼나는 저처럼 책 읽는 걸 좋아할지도 모르죠. 좋아하는 책이 같을 수도 있고요."

이번에는 맨 뒷줄에 나란히 앉아 있는 남학생 둘을 가리켰다.

"어쩌면 제이슨과 테오는 둘 다 공포 영화를 좋아할 수도 있습니다."

다음에는 창문 너머 운동장을 가리켰다.

"그렇다면 운동장에 있는 아이들은 어떨까요? 머서 중학교의 전교생은 900명이 조금 넘습니다. 우리가 전교생 모두와 친구가 될 일은 절대로 없죠. 고등학교에 가서도 마찬가지일 겁니다. 그렇지만 머서 중학교에 다니는 그 누군가는, 이 세상의 그 어떤 사람보다 여러분과 공통점이 많을 수 있습니다."

앨리는 검지를 치켜들었다.

"단 한 사람이 말이죠. 그런데 그 사람이 누군지도 모른 채 졸업한다면 어떨까요? 단지 같은 반이 아니었다는 이유로, 한 번도 지나는 길이 겹치지 않았다는 이유로 말이에요."

앨리는 서서히 자신감이 차올랐다. 모두의 시선을 한 몸에 받는 느낌이 아주 좋았다.

"여러분에게 그 사람을 찾아 줄 앱이 있다면 어떨까요?"

앨리가 휴대폰 화면의 클릭드 아이콘을 누르자, 대형 스크린에 클릭드의 로고가 떴다. 사용자가 네 명밖에 없는 친한 친구 그룹을 시연에 쓰기가 싫어서 일부러 코드걸스 그룹을 열었다. 손가락으로 휴대폰 화면을 밀고 스크롤을 내리자 프로필 사진이 차례로 나타났다. 코드걸스 친구들의 얼굴을 보자 그리움이 왈칵 밀려들었다.

"앱을 사용하려면 먼저 프로필을 작성해야 합니다. 지금은 시연이니까, 반 전체를 한 사람으로 설정하겠습니다. 우리 반의 이름을 뭐라고 할까요?"

아이들은 눈을 반짝이며 서로를 마주 보았다. 카일리 로드리게스가 손을 번쩍 들었다.

"아그네스 아이라, 어때?"

카일리는 교실 뒤편의 컴퓨터 두 대를 가리켰다.

"센스 넘치네!"

앨리는 활짝 웃으며 이름을 입력했다.

아그네스와 아이라는 컴퓨터실의 최고 사양 컴퓨터로, 슬레이드 선생님은 그 이름에 자부심을 갖고 있었다. 아그네스는 고전 TV 드라마 〈환상 특급〉에서 연애 코치를 해 주던 컴퓨터 이름이고, 아이라는 TV판 〈원더우먼〉에 나왔던 컴퓨터 이름이었다.

아그네스와 아이라는 둘 다 특별한 경우에만 사용할 수 있었다. 교내 네트워크와 연결되어 있지 않은 데다 방화벽으로 따로 보호되어 있어서, 선생님 허락 없이는 그 누구도 로그인할 수 없었다.

앨리는 가상의 정보를 차례로 입력했다. 프로필 사진을 단체 사진으로 대체한 뒤 바로 퀴즈 단계로 들어갔다. 스크린에 이미지를 띄워 놓은 다음, 스물세 명의 반 아이들에게 두 문제씩 대답할 기회를 주었다. 나머지 네 개는 선생님에게 맡겼다.

그다음은 사진 힌트와 거리에 따른 알림음의 변화를 알려 줄 차례였다. 앨리는 '블룹' 소리를 재생했다.

"이 소리는 클릭드 고유의 신호입니다. 이 소리가 들리면 순위판에 올라 있는 친구가 일정 거리만큼 가까이 다가왔다는 뜻입니다. 그럼 힌트를 이용해서 그 사람을 찾는 거죠. 여기까지, 혹시 질문 있나요?"

베니타 새뮤얼이 손을 들었다.

"그냥 궁금해서 그러는데, 엄청 재미있을 것 같긴 하지만…… 이 앱이 좋은 세상을 만드는 데 어떤 도움을 주는 거야?"

앨리의 심장이 다시 쿵쾅대기 시작했다. 앨리는 클릭드가 자기만의 방식으로 세상에 도움이 된다고 확신했지만, 네이선의 게임을 보고 난 뒤부터 슬슬 자신이 없어졌다.

"앱을 통해 만들어지는 이야기, 그 자체가 좋은 세상을 만드는 데 이바지합니다. 코드걸스 캠프에서 저와 친구들은 클릭드 덕분에 서로에 관해 많은 것을 알게 되었어요. 사람들에게는 집뿐만 아니라 우정도 필요합니다. 안 그래요?"

베니타는 순순히 고개를 끄덕였다.

알렉산더 피어스가 손을 들었다.

"우리는 그 앱을 언제부터 사용할 수 있어?"

앨리는 다음 주라고 대답하려고 했지만 베니타의 질문이 계속 마음에 걸렸다. 네이선을 이기려면 심사위원들에게 클릭드가 빌트만큼 잘 설계되었다고 말하는 것만으로는 부족했다. 빌트만큼 본질적으로 세상에 도움이 된다고 설득하기 위해선 실제 성공담이 필요했다.

그리고 사용자도 그만큼 많아야 했다. 문득 점심시간에 매디가 했던 말이 떠올랐다. 지금이야말로 클릭드를 공유하기에 최적의 시기일지도 몰랐다.

컴퓨터실에 있는 아이들이 모두 클릭드에 접속해서 친구들을 초대한다면, 앨리는 단번에 50명, 아니 100명까지도 쉽게 모을 수 있을 터였다. 그것도 토요일 전에. 사용자가 그렇게 많으면 성공적으로 우정을 쌓은 사례가 두세 건쯤은 나오겠지. 그렇다면 그 사례를 유용하게 활용할 수 있을 터였다.

앨리는 두 번 생각하지 않고 대답했다.

"지금 바로 시작할 수 있습니다. 초대받고 싶은 사람이 있나요?"

반 아이들 모두가 손을 들었다. 네이선까지도.

앨리는 슬레이드 선생님의 표정을 살폈다. 앨리가 갑자기 마음을 바꾼 탓에 어리둥절해하는 것 같았지만 굳이 말리려 들지는 않았다. 앨리는 그대로 밀고 나가기로 마음먹었다.

컴퓨터반은 이미 지난 학기 내내 과제를 함께했기 때문에 앨리의 휴대폰에 연락처가 다 저장되어 있었다. 앨리는 자리로 돌아가서 클릭드를 실행한 다음, 친구들 이름 옆의 조그만 상자를 모두 체크하고 초대 버튼을 눌렀다.

선생님이 다시 교단으로 돌아왔다.

"너희가 좋다면 선생님도 좋아. 그렇지만 지금은 수업 시간이니까 휴대폰을 켜면 안 돼. 앱을 클릭하는 건 방과 후에 하는 게 좋겠어. 알았지?"

앨리는 미소를 지었다. 앱을 공유하지 않으려고 했던 마음은 순식간에 저만치로 날아가 버렸다.

앨리는 휴대폰을 책상 아래에 숨긴 채 재빨리 매디와 조, 에마에게 문자 메시지를 보냈다.

앨리

나, 마음 바뀜. 아는 친구들 다 클릭드에 초대해 줘.
클릭드로 뭘 할 수 있을지 일단 저질러 보자!

블룹, 블룹!

사용자
16

컴퓨터 수업이 끝났을 때, 클릭드에 새로 가입한 아이들의 수는 16명이었다. 6교시 뒤에는 그 수가 27명이 되었고, 7교시에는 조금 더 늘었다. 앨리는 신경 쓰지 않으려고 애를 썼지만 도저히 그럴 수가 없었다. 아이들이 자신이 만든 앱을 내려받아 퀴즈를 풀고 있었으니까! 힌트를 제대로 이해하고 있을까? 순위판에 들어가는 방법은 단박에 알아차렸을까?

마지막 수업이 끝나는 종이 쳤을 때, 클릭드의 사용자는 32명이었다. 앨리는 활짝 웃으며 교실에서 나왔다. 당장이라도 집으로 달려가 코드걸스 서버에 접속한 뒤 백엔드 데이터베이스의 상태를 확인하고 싶었다. 그런데 채 열 걸음도 떼기 전에 휴대폰이 '블룹, 블룹' 울리기 시작했다. 노란빛을 뿜으며 깜박이는 화면을 보자 아드레날린이 마구

솟구쳤다. 누군가 가까이에 있었다!

앨리는 스쿨버스 정류장으로 향하는 내내 휴대폰의 알림음에 귀를 기울였다. 학교 정문이 가까워지자 휴대폰 화면이 빨갛게 변하면서 알림음이 세 번 울렸다. 그 자리에 우뚝 멈추어 서서 화면에 뜬 사진을 확인했다.

클레어 언니였다. 한 학년 위인 클레어 언니는 작년 특별 활동 시간에 앨리의 앞자리에 앉았다. 사진 속의 클레어 언니는 아직 치아 교정기를 끼고 있었지만, 여름 방학 직전에 교정기를 빼면서 얼마나 신나 했는지 또렷이 기억이 났다.

그때 잔디밭 너머에서 블룹 소리가 들려왔다. 까치발을 들어 멀리 내다보니, 아이들의 머리 위로 흔들리는 휴대폰이 하나 보였다. 화면이 빨갛게 깜박거리고 있었다.

심장이 점점 더 빠르게 뛰었다. 앨리도 휴대폰을 높이 쳐들었다. 두 사람은 아이들 사이를 헤치며 서로에게 다가갔다. 마침내 클레어 언니가 활짝 웃는 얼굴로 앨리 앞에 섰다. 클레어 언니가 내민 휴대폰 화면에는 몇 달 전에 앨리가 아빠와 하이킹하면서 찍은 사진이 떠 있었다.

"나, 너 알 것 같아! 우리 작년에 특별 활동 같이했지? 난 클레어 프리드먼이야."

"안녕하세요! 전 앨리 나바로예요."

"이 앱, 내려받은 지 얼마 안 됐거든. 이제 어떻게 해야 하는 거야?"

"서로의 휴대폰을 나란히 갖다 대면 돼요."

"그래?"

클레어 언니가 휴대폰을 앨리의 휴대폰에 갖다 대자, 부르르 진동하더니 화면이 하얗게 빛나면서 각자의 순위판이 나타났다. 클레어 언니는 앨리에게 5위였다. 앨리는 클레어 언니의 8위였다. 클레어 언니의 나머지 순위판은 모두 파란색 물음표였다.

"네가 내 첫 번째 친구네! 정말로 끝내준다. 내 친구들 다 초대해야겠어!"

클레어 언니는 연락처를 열더니 친구들 이름 옆의 작은 상자를 일일이 체크하며 중얼거렸다.

"이 앱을 왜 오늘에야 알았을까?"

앨리는 대수롭지 않은 척하며 말했다.

"제가 오늘 오후에야 공개했거든요."

클레어 언니는 고개도 들지 않고 휴대폰 화면만 내려다보았다. 앨리는 한마디 더 덧붙였다.

"이 앱, 제가 만든 거예요."

클레어 언니가 고개를 번쩍 들었다. 금방이라도 눈이 튀어나올 것처럼 휘둥그렜다.

"누가 만들었다고?"

앨리는 별일 아닌 척하고 싶었지만 생각만큼 쉽지가 않았다.

"제가 여름 방학에 참가한 코딩 캠프에서 설계한 앱이에요."

클레어 언니는 믿기지 않는다는 듯한 표정을 지었다.

"진짜로?"

"진짜로요."

"어려웠니?"

"하하하! 네, 진짜진짜 어려웠어요."

그때 두 사람의 휴대폰에서 동시에 '우후!' 하는 소리가 울렸다. 클레어 언니가 화면을 내려다보며 웃음을 터뜨렸다.

"이건 또 뭐야?"

"같이 셀카를 찍으라는 신호음이에요. 셀카는 앱의 전체 사용자에게 전송되어서 우리가 새롭게 클릭드 친구가 되었다는 걸 인증해요."

"말도 안 돼! 너무 재밌잖아!"

클레어 언니는 앨리에게 어깨동무한 다음, 앨리의 뺨에 자신의 뺨을 맞대었다. 앨리는 자연스럽게 웃으려고 애썼지만 너무 떨려서 기절할 것 같았다. 클레어 언니는 사진을 찍은 뒤 다시 연락처에서 빈 상자를 체크하기 시작했다.

"완전 감동이야. 좋아! 이 재미있는 걸 우리만 할 순 없지. 이제 본격적으로 소문을 내 볼까? 참! 버스 놓치기 전에 얼른 가야겠다. 앨리, 다음에 또 보자!"

앨리는 손을 흔들어 인사를 한 뒤 서둘러 스쿨버스에 올랐다. 이미 자리를 잡고 앉은 조에게 다가가면서 버스 안의 분위기를 살펴보았다. 모른 척하려야 도저히 그럴 수가 없었다. 다들 휴대폰에 뭔가를 입력하느라 정신이 팔려 있었다.

혹시 클릭드를 내려받는 중일까? 아니, 이미 다 내려받고 지금은 퀴즈를 풀고 있는 걸까? 앨리는 이 많은 아이들이 자신의 앱을 실행하고 있다는 사실이 믿기지 않았다.

앨리가 조 옆자리에 앉으며 클릭드의 순위판을 보여 주었다.

"이것 봐! 여기 5위, 클레어 언니야!"

조는 앨리의 팔을 가볍게 치며 자신의 휴대폰을 내밀었다.

"그 정도 가지고 뭘 그러냐? 이것 봐. 나는 이제 7위 한 사람만 찾으면 돼."

"언제 다 했어? 학교 끝난 지……, 아직 팔 분밖에 안 됐는데?"

"체육 시간이 있었잖아. 네가 7교시 시작 전에 사물함 앞을 봤으면 아마 기절했을걸? 다들 선생님도 없는데 교칙 따위 알 게 뭐냐는 분위기였어. 여자애들은 벌써 다 내려받고 퀴즈까지 풀어서, 내가 사물함 앞에 갔을 때는 이미 블룹을 쫓아서 막 돌아다니고 있더라니까?"

순간, 앨리는 씩 웃었다. 조가 블룹을 단어처럼 말하는 것이 듣기 좋았다.

"그런데 몇 초 지나지 않아서 내 휴대폰도 난리 난 거 있지?"

앨리가 조의 순위판을 유심히 보았다.

"와! 나, 에이제이 칸나랑 같은 초등학교 나왔는데! 너, 얘 전부터 알고 있었어?"

"아니, 오늘 처음 알았어. 쉬는 시간에 사물함에 휴대폰을 숨기고 계속 클릭드 상황을 확인하고 있었거든? 그런데 갑자기 내 휴대폰이 블룹거리면서 화면이 막 깜박거리는 거야. 알고 보니까 에이제이도 내 옆의 자기 사물함에서 몰래 클릭드를 하고 있었던 거지. 우리 둘이 마주 보고 완전 빵 터졌다가 휴대폰을 나란히 댔거든. 그랬더니 짜잔! 내 6위가 됐지."

조가 손으로 턱을 괴더니 앨리를 슬쩍 보며 속삭였다.

"근데 에이제이, 좀 귀엽지 않아?"

앨리는 순순히 고개를 끄덕였다.

"진짜 귀엽지. 그리고 착해. 너희 둘, 빨리 친해져라. 최대한 빨리! 지금은 귀여운 성공담이 필요하거든."

"네가 그렇게까지 말하는데 내가 도와야지, 뭐. 나는 네 앱의 홍보 대사니까!"

조가 어깨를 으쓱하며 대답했다.

그사이에 버스는 승차장을 빠져나가 도로 앞에서 대기했다. 앨리는 휴대폰에서 신경을 끄고 싶었지만 몸이 말을 듣지 않았다.

"와우!"

"왜? 무슨 일이야?"

조가 놀라서 묻자 앨리가 어깨를 들썩이며 대답했다.

"클릭드에 16명이 더 가입했어! 버스에 탄 지 겨우 삼 분 만에! 토요일 발표 전까지 50명만 들어와도 좋겠다고 생각했는데……. 이 속도라면 내일쯤 무난하게 달성하겠어. 안 그래?"

"난 또 뭐라고. 내일이면 적어도 그 두 배 정도는 더 늘걸? 이거 정말 대박이야!"

그때 앨리의 휴대폰이 블룹, 블룹 울렸다. 앨리는 조와 함께 노란 불빛을 내려다보며 귀를 기울였다. 버스 안을 둘러보았지만, 같은 소리를 내는 휴대폰은 없는 듯했다.

"노란색이면 삼십 미터 이내에 있다는 거지?"

"응, 버스를 타려고 이리로 오는 중인가 봐."

앨리와 조는 자리에서 벌떡 일어나 창밖을 유심히 살펴보았다. 두 사람이 탄 버스는 조금 앞으로 나갔다가 다시 멈추어 섰다. 도로에 진입하기 위해 대기하는 버스가 앞에 두 대나 더 있었다.

앨리의 휴대폰에서 알림음이 세 번 울린 순간, 버스 앞쪽에서 굵은 목소리가 들려왔다. 누군가 숨이 턱까지 찬 목소리로 외치고 있었다.

"잠깐만요!"

운전기사 아저씨가 앞문을 열어 주자, 남자아이 한 명이 계단을 올랐다.

"고맙습니다! 버스 타는 곳을 몰라서 좀 헤맸어요."

"어서 자리에 앉거라."

남자아이는 주머니에서 휴대폰을 꺼내어 확인한 뒤 앞에서 세 번째 좌석에 앉았다.

"블룹, 블룹, 블룹."

아이는 다시 휴대폰을 내려다보고는 슬그머니 뒤를 돌아보았다. 앨리가 휴대폰을 높이 쳐들고 손을 흔들자, 남자아이도 손을 흔들어 주었다. 그러더니 앨리 쪽을 가리키며 뒷좌석의 여자아이에게 뭐라고 속삭이면서 자기 휴대폰을 넘겨주었다. 남자아이의 휴대폰은 아이들의 손을 거쳐 앨리에게 다가오고 있었다.

앨리가 남자아이의 휴대폰을 넘겨받아 자신의 휴대폰 옆에 나란히 대자 화면이 동시에 밝아지면서 순위판이 나타났다. 마커스 이노우에. 앨리는 마커스의 프로필 사진을 확인했다. 그런데 모르는 얼굴이었다.

조가 마커스의 프로필을 톡톡 치며 속삭였다.

"나랑 스페인어 수업 같이 듣는 애야. 얼마 전에 덴버에서 이사 왔대. 그나저나 프로필 사진 귀엽다."

앨리는 가슴이 조금 두근거렸다.

"넌 나한테 몇 위야?"

누군가 부르는 소리에 조와 앨리는 동시에 고개를 번쩍 들었다. 마커스가 활짝 웃으며 돌아보고 있었다.

"3위."

앨리는 손가락을 세 개 펴 보이며 큰 소리로 대답했다.

마커스는 마음에 든다는 듯이 고개를 끄덕였다.

"좋네. 너한테 나는?"

"6위."

마커스는 앨리의 대답에 엄지를 척 들어 보였다. 조가 앨리의 옆구리를 쿡 찔렀다.

"오, 좀 귀여운데?"

"그렇지?"

앨리는 활짝 웃으며 마커스의 휴대폰을 다시 앞으로 넘겨주었다.

"너희, 지금 뭐 한 거야?"

앞자리에 앉아 있던 페니가 마커스의 휴대폰을 앞으로 전달한 뒤 어리둥절한 표정으로 물었다. 앨리가 대답할 새도 없이 조가 나섰다.

"앨리가 여름 방학 동안 코딩 캠프에 가서 앱을 만들었어. 나와 공통점이 많은 친구를 찾아서 짝지어 주는 앱인데, 지금 다들 그거 하는 중이야."

조는 말이 끝나기가 무섭게 휴대폰을 흔들며 덧붙였다.

"전화번호 알려 주면 초대장 보낼게."

페니뿐 아니라 주위에 있던 아이들까지 너나없이 전화번호를 외쳤다. 앨리와 조는 빠르게 아이들의 전화번호를 휴대폰 주소록에 입력했다.

앨리는 단짝 친구들이나 예전에 알고 지냈던 친구들이 클릭드를 하는 모습은 여러 번 상상해 본 적이 있었다. 하지만 낯선 아이들까지 함께하는 모습은 전혀 예상하지 못했기에 그저 얼떨떨하기만 했다.

조가 휴대폰을 내려다보며 탄성을 내질렀다.

"이것 봐! 사용자들이 밀려들고 있어. 가입자 수가 벌써 58명이야."

잠시 후, 버스가 집 앞에 서자 앨리는 조에게 인사를 하고 자리에서 일어났다. 통로로 걸어가며 주위를 둘러보니, 아이들 모두 휴대폰을 붙잡고 뭔가를 부지런히 입력하고 있었다. 앨리는 세상을 다 가진 듯 가슴이 벅차올랐다.

마커스 옆을 지날 때는 일부러 걸음을 늦춰 인사를 건네기까지 했다.

"또 봐, 6위!"

마커스가 고개를 번쩍 들었다.

"그래, 3위."

앨리가 열쇠를 찾느라 가방을 뒤적거리자 현관문 너머에서 보가 문을 요란하게 긁어 댔다.

"보, 기다려!"

현관문을 열고 한 걸음 들어가자, 보가 앨리의 품속으로 껑충 뛰어들었다.

"안녕! 그래그래. 나도 보고 싶었어."

앨리는 가방을 탁자 옆에 내려놓은 다음 바닥에 그대로 주저앉아 보의 풍성한 갈색 털 속에 손가락을 묻었다.

"잘 놀았어? 난 오늘 진짜 끝내줬거든! 정말 믿기 힘든 일이 있었어. 아, 진짜 배고프다. 넌 어때? 쿠키 먹을래?"

앨리는 보를 데리고 주방으로 들어가서 강아지용 쿠키를 꺼내 주었다. 보는 쿠키를 재빨리 먹어 치우고는, 치즈 토스트를 굽고 우유를 따르는 앨리의 뒤를 졸졸 따라다녔다.

앨리는 토스트 접시를 들고 소파로 가서 텔레비전을 켰다. 채널을 돌리며 축구 경기 중계 방송을 찾았다. 개학 첫날부터 숙제를 내 주는 무자비한 선생님이 없다는 것이 새삼 다행스러웠다.

하지만 축구 경기가 눈에 들어오지 않았다. 결국 주머니에서 휴대폰을 꺼내어 학교에서 이미 백번은 본 것 같은 클릭드를 다시 열었다. 이번에는 머서 중학교 그룹이 아니라 메인 화면으로 돌아가 코드걸스 그룹을 선택했다.

앨리는 단체 대화창을 열어 모두에게 말을 걸었다. 곧바로 기다렸다는 듯이 문자가 날아들기 시작했다.

앨리

너무 보고 싶어!

레이철

나도!

자이나

다들 개학 잘 했어?

카야

그럭저럭 괜찮았어. 근데 어항이 보고 싶은 거 있지?

알렉사

어항……. ㅜㅜ

코트니

앨리! 친구들한테 클릭드 보여 줬어?

앨리

응, 다들 진짜진짜 좋아했어. 이것 봐!

앨리는 빙긋 웃으며 자신의 클릭드 프로필을 캡처해서 대화창에 올렸다.

코트니

사용자가 68명이나 되잖아?

자이나

뭐? 벌써?

앨리

옙! 장난 아니지?

앨리는 사용자의 데이터와 우정 맺기 성공 사례를 더 많이 모아서 발표에 쓸 계획이라는 설명을 덧붙였다.

자이나

걱정 붙들어 매.

알렉사

맞아! 우승은 따 놓은 거나 마찬가지니까!

하지만 앨리에게는 확신이 없었다. 네이선의 빌트가 자꾸만 생각났다. 작지만 정교한 캐릭터들이 눈에 선했다. 캐릭터들은 마을을 부지런히 오가며 이웃끼리 협력하여 집을 짓고, 현실 세계에 진짜 변화를 가져올 것이다. 그야말로 심사위원들이 기대할 법한 앱이었다. 빌트는 분명 좋은 세상을 만드는 데 이바지하겠지. 그렇다면 클릭드는?

앨리는 맥없이 휴대폰을 소파에 내려놓았다. 기분 전환이 필요했다.

"보, 산책하러 가자!"

꾸벅꾸벅 졸고 있던 보가 고개를 발딱 들었다.

"나, 내일 축구 연습에 대비해야 해. 너도 산책하러 가고 싶지?"

보는 앨리의 말을 단번에 알아들었다. 소파에서 내려와 현관문까지 한달음에 달려가더니 얌전히 앉아서 꼬리를 흔들며 기다렸다.

그날 저녁, 앨리는 엄마 아빠와 저녁을 먹으며 학교에서 있었던 일을 자랑스럽게 얘기했다.

"원래는 조하고 매디, 에마하고만 공유할 생각이었거든요. 그런데 5교시 컴퓨터 시간에 슬레이드 선생님이 친구들 앞에서 발표하라고 하시지 뭐예요? 발표가 끝나니까 다들 너무 하고 싶어 하는 거예요. 난리도 아니었어요. 그래서 앱을 공유했더니, 이것 좀 보세요!"

앨리는 엄마 아빠에게 휴대폰 화면을 보여 주었다.

"사용자가 벌써 94명이에요! 내일 등교하면 애들이 다 서로의 사정거리에 들어가서 난리가 날 거예요. 애들이 새 친구를 찾아다닐 테니까요. 그러면 순위가 뒤죽박죽되면서 엄청나게 바뀌겠죠."

아빠가 고개를 갸웃거리며 물었다.

"그런데 학교에서 휴대폰을 쓸 수 있어?"

"원칙적으로는 못 쓰죠. 그렇지만 1교시 시작하기 전하고 마지막 교시가 끝난 다음에는 써도 돼요."

앨리의 말이 끝나기가 무섭게 휴대폰 문자 알림음이 울렸다.

조

지금 빨리 사용자 확인해 봐!

“교칙 얘기가 나와서 말인데……, 우리 집 규칙은 식탁에서 휴대폰 사용 금지야.”

엄마가 앨리의 휴대폰을 가리켰다.

“잠깐만요. 이것만 볼게요. 헉! 말도 안 돼!”

“왜? 무슨 일인데?”

“100명이에요!”

앨리는 앉은 채로 어깨를 들썩거리며 휴대폰을 흔들어 댔다.

“100명이라니! 진짜 출시된 앱 같잖아요!”

엄마는 아빠를 쳐다보며 고개를 절레절레 저었다.

“축하해, 우리 딸. 그러니까 이제 휴대폰은 내려놓는 게 어때?”

앨리는 휴대폰을 식탁 위에 엎어 놓고 포크를 집어 들었다.

저녁을 먹는 동안 엄마가 여름내 취재했던 회사 업무와 아빠의 법률 사무소에 찾아온 고객 이야기가 이어졌다. 앨리는 잠자코 듣는 척하면서 머릿속으로는 내내 다른 세상을 헤매고 있었다. 머서 중학교 학생들이 각자의 방에 앉아 퀴즈를 푸는 모습이 마치 눈앞에 보이는 듯했다.

아이들이 클릭드에 열광하는 모습은 코드걸스 친구들 덕분에 이미 경험한 적이 있었다. 그렇지만 이번에는 달랐다. 그때는 클릭드를 만드는 데 참여했던 당사자들이라 반응이 폭발적이었던 거다.

지금은 클릭드를 본 적 없는 아이들까지 사용을 하고 있었다. 그렇게 생각하자 엄청난 영향력이 생긴 듯한 기분이 들었다. 한편으로는 겁이 나기도 했다.

하지만 방에 돌아와서 클릭드 서버에 로그인하는 순간, 괜한 걱정을 했다는 생각이 들었다. 사용자들의 프로필은 물론이고, 힌트로 쓰기 위해 추출한 인스타그램 사진, 사용자가 직접 찍은 클릭픽까지 모두 안전하게 저장되어 있었다. 사진 속의 아이들은 무척 즐거워 보였다. 뺨을 맞댄 아이들도, 어깨동무한 아이들도 모두 함박웃음을 짓고 있었다.

앨리는 침대에 풀썩 드러누워 매디와 조, 에마가 있는 단체 문자창을 열었다. 그러고는 세상을 다 가진 듯한 기분을 담아 문자 메시지를 보냈다.

앨리

너흰 정말 최고의 홍보 대사야!

확률 게임

다음 날, 앨리가 버스에 올라타자 마커스가 먼저 인사를 건넸다.

“3위, 안녕!”

“응. 안녕, 6위!”

앨리는 마커스에게 순위판을 보여 달라고 말하려다가, 버스 안에 펼쳐진 광경을 보고는 입을 쩍 벌렸다. 아이들이 휴대폰을 교환하며 왁자지껄하게 떠들면서 웃고 있었다. 불빛이 여기저기에서 깜박이고, 블룹 소리가 곳곳에서 울려 퍼졌다.

앨리는 눈이 휘둥그레진 채 자리로 걸어가 앉았다. 어느 정도 예상은 했지만 이렇게까지 반응이 뜨거울 줄은 몰랐다.

조가 신이 나서 말을 걸었다.

“모두 클릭드 이야기뿐이야. 넌 이제 유명 인사라고. 내가 세 정거장

전에 탔을 때부터 이랬다니까? 그리고 버스에 타자마자 마지막 순위가 채워지더니, 몇 분 안 가서 어제 순위권에 있던 애들이 다 밀려나고 새로운 애들이 진입하는 거 있지? 솔직히 말하면 나……, 클릭드에 좀 중독된 것 같아. 휴대폰을 손에서 놓을 수가 없어!"

"오, 그럼 클릭드가 제2의 스냅챗(미국의 청소년들에게 큰 인기를 끌고 있는 메신저 서비스)이 되는 거야?"

앨리가 장난스럽게 받아치자 조가 뻐기듯이 대답했다.

"안 될 건 또 뭐야?"

조는 싱글싱글 웃으며 앞자리에 앉은 빨간머리 여학생의 어깨를 톡톡 쳤다. 여학생이 뒤를 돌아보았다.

"얘는 로렌이야. 1학년이래. 글쎄, 내 친구 순위 7위이지 뭐야?"

로렌은 쑥스럽다는 듯이 수줍게 웃었다. 립글로스를 발라 반짝이는 입술 아래로 파란색 치아 교정기가 보였다. 로렌이 다시 돌아앉자 옆자리의 친구가 옆구리를 쿡 찔렀다. 두 사람은 2학년인 조와 친구가 된 것을 아주 대단한 일로 여기는 듯했다.

조가 목소리를 낮추어 속삭이면서 휴대폰을 내밀었다.

"그런데 어떻게 내가 재하고 공통점이 더 많을 수가 있지? 매디나 에마보다 더?"

매디는 8위로, 에마는 10위로 순위가 떨어져 있었다. 그 순간 앨리의 휴대폰 화면이 붉게 깜박거리면서 알림음이 울렸다. 배구팀의 단체 사진이 힌트로 떴지만, 사람이 너무 많아서 누구인지 짐작하기가 어려웠다. 그런데 페니가 휴대폰을 바라보면서 웃음을 터뜨렸다.

"앨리, 이거 어디에서 찍은 거야?"

페니의 휴대폰에 뜬 사진을 본 앨리는 괜히 마음이 찡해졌다. 코트니하고 지렁이 모양 젤리를 입에 문 채 어깨동무하고 찍은 사진이었다.

"코딩 캠프 때 같은 방을 썼던 친구야."

앨리는 클릭드의 오류를 수정하려고 종일 매달렸던 날이 떠올랐다. 무슨 일이 있어도 그날 안에 해결하리라 마음먹고 밤늦게까지 컴퓨터와 씨름을 했다. 그때 코트니가 음료수 두 캔과 젤리 한 봉지를 들고 나타나 문제가 해결될 때까지 앨리의 곁을 지켜 주었다.

앨리는 페니가 내민 휴대폰을 받아서 자신의 휴대폰에 나란히 대었다. 각각 8위와 10위가 나왔다. 휴대폰을 떼어 내기가 무섭게 앨리의 휴대폰이 다시 블룹거렸다.

블룹 소리는 학교 가는 길 내내 터져 나왔다. 버스가 학교에 도착했을 때, 앨리의 순위판에는 더 이상 빈자리가 없었다. 그사이에 클릭드의 전체 사용자 수는 176명으로 늘어나 있었다.

"뭔가 좀…… 정상이 아닌 것 같지 않아?"

앨리가 조심스럽게 묻자, 조가 대수롭지 않은 듯이 대답했다.

"어, 미칠 듯이 재밌어!"

"장난이 아니야. 앱에 오류가 생길까 봐 얼마나 걱정했는지 몰라. 한꺼번에 사용자가 몰리면 작동을 멈추기라도 할까 봐. 그런데 아주 안정적이야."

앨리는 버스에서 인도로 펄쩍 뛰어내렸다. 땅이 아니라 구름 위에 착지한 느낌이었다.

"이대로만 가면 토요일까지 전교생의 데이터를 다 모으겠어. 심사위원들이 어떻게 생각할까? 나, 어쩌면 이번 대회에서 진짜로 우승할지도 몰라!"

앨리는 대회의 시상대에 오른 자신의 모습을 그려 보았다. 스파이글래스의 최고 경영자 나오미 라이언 회장이 우승자인 앨리를 호명한다. 맨 앞자리에 앉아 있던 엄마 아빠는 박수를 치며 서로 껴안고, 대기실에서 기다리던 슬레이드 선생님은 자랑스럽다는 듯이 활짝 웃는다. 물론 거기에는 네이선도 당연히 있다. 네이선은 앨리 옆에 서 있다가 충격받은 얼굴로 패배의 쓴맛을 곱씹는다. 앨리는 이 대목이 가장 마음에 들었다.

조를 먼저 보낸 뒤 사물함 앞으로 가 보니 매디가 기다리고 있었다. 매디는 자칭 행운의 티셔츠라고 부르는 하늘색 티셔츠를 입고 싱글벙글 웃고 있었다.

"행운의 티셔츠 입었네? 무슨 일이야?"

앨리가 다가가며 묻자 매디가 펄쩍펄쩍 뛰면서 되물었다.

"내 문자 안 봤어?"

"버스 안이 완전히 카오스여서 문자 볼 새가 없었어."

"그럼, 지금이라도 봐."

매디가 내민 휴대폰 화면을 자세히 보니 크리스 오빠가 클릭드에 가입되어 있었다.

"네가 초대했어?"

매디가 고개를 빠르게 끄덕였다.

"에마가 자꾸 부추기잖아."

"크리스 오빠 연락처를 갖고 있었어?"

"여름 방학 때 조가 자기 오빠한테 물어봐서 알려 줬어. 둘 다 여름 내내 나한테 문자를 보내 보라고 난리였지만 끝끝내 안 했거든. 지금처럼 적당한 때가 오기를 기다렸던가 봐."

앨리가 사물함에서 교과서를 꺼내는 동안 매디의 설명이 이어졌다.

"어젯밤 늦게야 클릭드에 등록했나 보더라고. 자기 전에 확인했을 땐 분명히 없었는데, 오늘 아침에 보니 딱 있지 뭐야?"

매디가 어깨를 들썩이며 엉덩이춤을 추었다.

"그건 또 뭐야?"

"행복할 때 나오는 춤이지."

매디가 갑자기 춤을 멈추고는 심각한 얼굴로 물었다.

"잠깐만! 만약에 크리스 오빠가 내 순위판에 안 올라오면 어쩌지?"

"그럴 가능성은 얼마 안 되지 않을까?"

매디는 앨리의 말에 대꾸도 하지 않고 다급하게 클릭드를 열어서 전체 사용자 수를 확인했다.

"현재 사용자 수는 225명. 순위판에는 10명까지 올라갈 수 있으니까……, 크리스 오빠가 내 순위판에 올라올 확률은 4.4퍼센트인 거네."

그때 매디의 휴대폰이 울리면서 파란빛이 깜박거렸다.

"앗! 누가 새로 나타났다. 나, 먼저 가 볼게!"

매디는 머리 위로 휴대폰을 높이 쳐든 채 어디론가 달려가 버렸다.

바야흐로 점심시간이 되었다. 앨리는 식판을 들고 탁자로 가서 조와 에마 사이에 자리를 잡았다. 그러고는 크리스 오빠가 친구들과 자주 앉는 탁자를 가리키며 물었다.

"크리스 오빠는 왜 없어?"

매디도 앨리가 보는 쪽으로 고개를 돌렸다.

"분명히 올 거야. 오늘 결석하지는 않았거든."

그때 휴대폰 네 대가 동시에 부르르 떨렸다. 새 클릭픽이 뜬 것이었다. 네 사람은 선생님이 없는지 주위를 살핀 다음에 사진을 확인했다. 엘라 새무얼과 새디 코트의 클릭픽이었다. 사진은 초점도 제대로 맞지 않은 데다 두 사람 다 멀찍이 서려고 애를 쓴 티가 역력했다.

에마가 숨죽여 킥킥댔다.

"최악의 클릭픽이야! 이보다 더 우울할 순 없어. 웬일이니?"

조가 탁자를 짚으며 친구들을 모았다.

"1학년 때 둘이 제일 친했잖아. 그런데 여름 방학 내내 서로 한 마디도 안 했대."

"그래도 오늘은 몇 마디 했겠네. 이것 봐."

매디가 친구들에게 새디의 클릭드 순위판을 보여 주었다. 엘라가 1위였다. 새디는 엘라의 2위였다.

"봤지? 두 사람은 친구일 수밖에 없어. 내가 퀴즈 하나는 끝내주게 잘 만든다니까!"

앨리가 자신만만한 미소를 지어 보였다. 그때 매디의 휴대폰이 블룹 하고 울렸다. 매디가 펄쩍 뛰어오르며 놀라는 바람에 다 같이 웃음을 터뜨렸다.

“헉! 얘들아, 이것 좀 봐!”

매디의 휴대폰이 파란빛으로 깜박이고 있었다. 하지만 일 분이 지나도록 색깔이 변하지 않자, 매디는 초조한 얼굴로 주위를 두리번거렸다.

“저기 봐! 크리스 오빠가 누구랑 얘기하고 있어.”

“크리스 오빠 때문인지 어떻게 알아? 다른 아이일 수도 있잖아.”

“아니, 크리스 오빠가 확실해.”

매디가 에마의 말을 딱 자르며 단호하게 대답했다.

앨리는 크리스 오빠와의 거리를 가늠해 보았다. 파란빛의 영역인 것 같기는 했지만 조금 애매한 느낌이 들었다.

“얘들아……, 맞겠지? 꼭 크리스 오빠여야만 해!”

매디가 초조한 듯이 입술을 깨물었다.

“다른 사람일 수도 있어.”

조가 말을 마치기도 전에 크리스 오빠가 앨리 일행의 탁자 방향으로 움직이기 시작했다. 때마침 매디의 휴대폰이 블룹, 블룹 울리며 화면이 노란빛으로 바뀌었다.

“거봐, 크리스 오빠 맞잖아! 이제 어떡하지?”

크리스 오빠는 그제야 클릭드의 알림음을 들었는지 자리에 멈춰 서서 휴대폰 화면을 확인하며 씩 웃었다. 그러고는 주변을 두리번거리면서 다시 걷기 시작했다. 알림음에 귀를 기울이느라 그런지 걷는 속도가 조금 느려졌다. 매디는 크리스 오빠에게서 눈을 떼지 않았다. 나머지 세 명의 눈길 역시 테니스 시합을 구경하는 것처럼 크리스 오빠와 매디 사이를 연신 오갔다.

마침내 알림음이 세 번 울렸다. 모두 화들짝 놀라며 휴대폰을 내려다보았다. 크리스 오빠가 여동생과 찍은 사진이 떠 있었다.

"안녕?"

낯선 목소리에 고개를 들어 보니 크리스 오빠가 휴대폰을 흔들며 웃고 있었다. 오빠의 휴대폰 화면에는 네 사람이 티셔츠와 모자, 그리고 양말을 모두 초록색으로 맞춰 입고 찍은 사진이 떠 있었다.

"세인트 패트릭 데이(아일랜드에 기독교를 전파한 패트릭 성인을 기념하기 위해 매년 3월 17일에 열리는 축제)에 찍은 사진 같은데?"

"아니요, 그냥 보통 목요일인데 재미 삼아 그렇게 입고 찍은 거예요."

조가 비꼬듯이 대답하자 매디가 눈을 부라렸다.

"뭐 어때? 사진이 잘 나왔으면 됐지. 그런데 이 힌트로는 내 친구가 누군지 도통 모르겠다."

크리스 오빠가 웃으면서 탁자 위를 내려다보았다. 가운데에 놓인 휴대폰 화면에 자신의 사진이 크게 떠 있었다.

"휴대폰 주인이 누구야?"

"직접 알아맞히는 게 훨씬 재밌지 않을까요?"

매디가 장난스럽게 대답했다.

조가 크리스 오빠에게 매디 옆자리에 앉기를 권했다.

크리스 오빠가 자리에 앉아 탁자를 둘러보며 입을 열었다.

"우리, 오며 가며 자주 봐서 낯익지? 참, 너는 누군지 알아. 퀸 동생이잖아."

"조예요."

"난 크리스야. 그럼 이 휴대폰은 조, 네 거야?"

크리스 오빠는 조가 고개를 젓자 앨리를 쳐다보았다. 앨리는 주머니에서 휴대폰을 꺼내 흔들어 보였다. 에마 역시 크리스 오빠가 물어보기도 전에 자신의 휴대폰을 꺼내 보여 주었다.

"좋아, 그렇다면 주인공은 너구나?"

"그럴지도요?"

매디는 짐짓 아무렇지 않은 척하며 대답했다.

크리스 오빠가 휴대폰을 매디의 휴대폰 옆으로 살짝 밀어서 붙이자, 화면이 하얗게 깜박이면서 순위판이 나타났다.

"네가 내 8위인가 봐."

"저한테는 9위네요."

크리스 오빠가 친구들이 모여 있는 탁자를 가리켰다.

"오, 션이 뒤로 밀려났네? 쟤가 이 상황을 알면 아마 극복하기 힘들 텐데."

"그게 무슨 말이에요?"

"오늘 아침에 내 1위로 시작했는데 종일 순위가 내려가기만 했거든. 아예 순위권에서 밀려났으니 멘탈이 온전치 못할 거야. 하지만 괜찮아. 어차피 자아 성찰이 좀 필요한 녀석이니까."

앨리는 크리스 오빠의 순위판을 힐끗 보았다. 한눈에 봐도 대부분 여학생들이었다.

곧이어 '우후!' 하는 알림음이 울렸다. 크리스 오빠는 휴대폰을 집어 들고 매디 쪽으로 몸을 기울여 셀카를 찍었다. 잠시 후, 모두의 휴대폰이 반짝이면서 두 사람의 클릭픽이 떴다.

"매디, 다음에 또 보자!"

크리스 오빠가 자리를 뜨자마자 매디의 입가에서 미소가 싹 사라졌다. 조가 탁자 너머로 팔을 뻗어 매디의 이마를 톡 건드렸다.

"표정 좀 풀어."

매디가 부루퉁하게 대꾸했다.

"겨우 9위라고?"

"매디, 지금 전체 사용자가 몇 명이야?"

"263명."

"좋아, 그럼 계산해 보자. 263명 중에서 9위야. 퍼센트로 따지면 얼마야?"

매디가 무미건조하게 답했다.

"3.4퍼센트."

조가 차분하게 말을 이었다.

"3.4퍼센트! 게다가 마침내 크리스 오빠하고 대화했지? 오빠가 네 이름도 알았고. 무엇보다 263명이 방금 너희 두 사람의 얼굴이 딱 붙어 있는 사진을 봤다고!"

매디의 얼굴이 다시 밝아졌다.

"좋은 지적이야."

매디는 순위판을 캡처해서 저장하고는 크리스 오빠가 여동생과 찍은 사진 힌트도 재빨리 저장했다.

“가까이에서 보니까 더 귀엽네.”

“그렇지? 다 잘됐어.”

에마가 거들자 매디가 고개를 끄덕이며 중얼거리더니 갑자기 탁자를 힘껏 내리쳤다.

“잘 끝났어. 이제 다른 데로 가자. 새 친구를 만들어야지!”

네 사람은 점심시간 내내 교내 곳곳을 누볐다. 수업 시작종이 울릴 즈음에 클릭드의 전체 사용자는 312명으로 늘어났고, 그사이에 네 사람의 순위판은 10분에 한 번꼴로 순위가 달라졌다.

“앨리, 우린 여전히 서로의 1위야.”

조와 앨리는 하이파이브를 했다. 그때 에마가 우뚝 멈춰 섰다.

“에마, 왜 그래?”

대답 없이 휴대폰만 쳐다보던 에마가 조심스럽게 말을 꺼냈다.

“내 순위판에서 너희가 다 하위권으로 떨어졌어. 조와 앨리는 7위하고 8위고, 매디는 10위야. 나머지는 누군지도 모르는 애들뿐이고.”

매디가 에마의 소맷자락을 잡아 살짝 흔들었다.

“그것도 재미있잖아!”

에마는 납득할 수 없다는 듯한 표정이었다.

“걔들이 너희보다 더 친한 친구들일 순 없어. 그게 말이 되니?”

“그럴 수도 있지. 지금 클릭드를 사용하는 애들이 총 312명이야. 우리가 서로의 순위판에 들어갈 확률은 3.2퍼센트로 떨어진 거라고.”

매디가 조곤조곤 설명했다.

앨리는 놀라서 매디를 힐끗 쳐다보았다. 원래 수학을 잘하는 편이었지만 암산을 이렇게까지 빨리할 줄은 몰랐다.

"너는 자연계의 돌연변이야."

앨리의 말에 매디가 어깨를 으쓱했다.

"재능이지, 뭐."

에마가 친구들 눈앞에 대고 손을 마구 흔들었다.

"여보세요? 이제 내 얘기는 아무도 안 듣는 거야?"

"에마, 순위는 별 의미가 없는 것 같아."

조의 말에 에마가 팔짱을 끼며 대꾸했다.

"그게 무슨 소리야? 당연히 의미가 있지. 어쩌면 그렇게 말할 수가 있어?"

앨리가 상황을 정리하기 위해 나섰다.

"에마, 순위는 그냥 퀴즈에서 같은 대답을 많이 하면 높게 나오는 거야. 그게 다야. 그거랑 우리 우정이랑은 아무 관계가 없어."

하지만 에마는 쌀쌀맞게 대꾸했다.

"나랑 잘 맞는 친구를 찾아 주는 앱이라며? 말이 다른 거 아니야?"

"에마! 너, 진짜로 마음 상한 거야?"

조가 놀란 표정으로 물었다.

에마는 잠시 생각해 보더니 콧잔등을 찡그리며 대답했다.

"응, 조금 그런 것 같아. 하지만 너희도 순위판에서 친한 친구가 사라지면 나랑 똑같은 기분을 느낄 거야."

"난 안 그럴 거 같은데."

에마가 조의 대답에 콧방귀를 뀌었다.

"너하고 앨리는 여전히 서로의 1위니까 그렇지. 오늘은 아직 삼 분의 일밖에 지나지 않았어. 그러니까 매디의 계산대로라면 우리가 서로의 순위판에 그대로 있을 확률은 계속 곤두박질치는 거야."

에마는 세 사람이 자기 말에 아랑곳없이 큰 소리로 웃자 더욱더 화가 난 듯했다. 말없이 휴대폰을 물끄러미 내려다보다가, 문득 좋은 생각이 떠올랐다는 듯 이렇게 말했다.

"내가 여기에서 클릭드를 그만하면 내 순위판이 그대로겠지?"

에마는 고개를 번쩍 들고서 친구들을 둘러보았다.

"만약에 우리가 다 그만하면? 다른 휴대폰과 맞대지 않으면 순위판은 안 변하잖아. 그렇지, 앨리?"

"다른 사용자와 가까워지면 알림음이 울리긴 하겠지만, 그거야 무음으로 설정을 변경하면 그만이니까."

조가 매디와 눈길을 주고받으며 물었다.

"무슨 말인지는 알겠어. 그런데 그렇게까지 할 필요가 있을까?"

"얘들아, 우린 다른 친구를 찾을 필요가 없잖아. 여기에서 그만하면 순위판이 그대로라고."

에마는 포기하지 않고 매디를 보며 눈썹을 치켜세웠다.

"그러면 너하고 크리스 오빠의 순위도 변하지 않을 거야."

"잠깐! 크리스 오빠는 여기에 끌어들이지 마. 우리 순위는 굳건해. 사용자가 얼마나 더 늘어나건 우린 변하지 않을 거라고."

매디는 자신만만하게 미소를 지었다.

조가 말했다.

"여기서 그만둘 순 없어. 토요일까지 사용자가 많이 모여야 앨리의 우승 확률도 높아지니까. 우리가 사용자를 많이 모아야, 걔들이 또 다른 애들을 모을 거 아니야?"

"맞아, 우리는 이 앱의 홍보 대사잖아."

매디도 한마디 거들고는 앨리와 주먹을 쿵 맞부딪쳤다.

에마는 잠시 고민해 보더니 한숨을 푹 쉬었다.

"좋아, 그렇다면 나도 계속할게. 하지만 앨리, 이건 오로지 널 위한 거야. 난 다른 애들하고 친구 안 해도 돼. 너희만 있으면 된다고."

치명적인 오류

"어, 앨리다! 클릭드 너무 재미있어!"

남학생 한 명이 복도를 지나는 앨리를 알아보고 말을 걸었다. 사물함에서 교과서를 꺼낼 때는 난생처음 보는 여학생이 말을 걸기도 했다.

컴퓨터실로 가기 위해 도서관 앞을 지나는데, 웬 남학생이 가던 길을 되돌아와 물었다.

"잠깐만! 너, 앨리 맞지?"

앨리가 고개를 끄덕이자 남학생이 일행을 손짓해 불렀다. 그러자 아이들 한 무리가 다가와서 앨리에게 하이파이브를 했다.

앨리가 컴퓨터실로 들어가자 박수갈채가 쏟아졌다. 앨리는 연극 무대에 오른 배우처럼 한쪽 무릎을 굽혀 인사한 다음, 앱을 공유해 줘서 고맙다고 말했다.

"사용자가 이렇게까지 늘어난 건 다 너희 덕분이야."

슬레이드 선생님이 자리로 걸어가는 앨리를 불러 세웠다.

"듣자 하니 클릭드가 굉장히 인기라며? 다들 그 얘기뿐이던데, 지금 사용자가 얼마나 되니?"

"332명이에요."

그 말에 선생님이 묘한 표정을 짓자, 앨리는 자기도 모르게 얼굴이 확 굳어졌다.

"왜 그러세요? 잘된 거 아니에요?"

"물론 아주 잘됐지. 다들 앱을 재미있어 하는 건 좋은데……. 너무 빨리 퍼지고 있어서 말이야."

선생님은 애써 웃음을 지어 보였다.

"맞아요. 그래서 저도 처음에는 안정성에 문제가 있지 않을까 걱정했는데, 아무 문제 없이 잘 작동하고 있어요. 제 대회용 시험판을 보시면 깜짝 놀라실 거예요. 캠프 발표 때보다 훨씬 나아졌거든요."

앨리의 설명에도 선생님의 반응은 어쩐지 미적지근했다.

"캠프 발표도 굉장히 좋았는데. 그때 더 이상 앱에 손대지 말라고 한 말 기억하니?"

"그때는 별로였어요. 사용자도 20명뿐이었고, 사용 후기도 캠프 친구들 것밖에 없었잖아요. 지금은 사용자가 300명도 넘어요. 게다가 교내에서 반응이 얼마나 좋은지, 선생님도 직접 보셔야 해요. 새 학기 첫 주잖아요. 아이들이 클릭드를 이용해서 새 친구를 사귀고 있어요. 앱이 현실에서 정말로 도움이 되고 있다니까요!"

"앨리, 네 앱은 예전에도 유용했어."

선생님은 앨리의 마음을 이해한다는 듯 평상시처럼 너그러운 미소를 지었다.

"오늘 수업 시간에는 클릭드의 성공 사례를 정리할래? 아그네스는 네이선이 쓰고 있지만 아이라가 있으니까."

"그래도 돼요?"

정말이지 완벽한 제안이었다. 새로운 사용자가 많이 가입한 터라 조금이라도 빨리 백엔드 데이터베이스를 살펴보고 싶던 참이었다. 앨리는 선생님에게 비밀번호를 받은 뒤 아이라 앞으로 냉큼 달려가 앉았다. 옆자리에 앉은 네이선은 의자 등받이 깊숙이 몸을 묻고선 헤드폰을 쓴 채 눈을 감고 있었다.

"참 열심히네."

앨리는 이렇게 중얼거리며 비밀번호를 입력한 다음 엔터 키를 눌렀다. 앨리의 말을 들었는지, 네이선이 헤드폰을 내리고 천천히 눈을 떴다.

"난 지금 생각 중이야."

"너무 헛수고하지 마."

처음 빌트를 보았을 때 불안했던 것은 사실이지만, 이제는 그때만큼 걱정되지 않았다. 새로운 데이터와 인상적인 성공담을 잔뜩 모아 둔 터라 심사위원들에게 클릭드가 빌트만큼 이로운 앱이라는 걸 인정받을 자신이 생겼기 때문이다.

"지금은 별로 할 일도 없어. 내 앱은 아무 오류 없이 잘 돌아가고 있거든."

"그거 잘됐네. 근데 지금 네 앱 사용자가 얼마나 돼?"

네이선은 말없이 눈동자를 굴렸다. 앨리는 손을 동그랗게 오므려 귀에 댄 다음 네이선 쪽으로 몸을 숙였다.

"미안, 못 들었어. 혹시 0명이라고 했어? 우아, 재밌다! 내 앱은 사용자가 거의 350명 가까이 돼. 인기 폭발이라고. 내일 이 시각이면 300명 정도는 더 모을 수 있을걸! 그리고 그거 알아? 심사위원들은 실제 사용자가 있는 앱을 좋아한다고 하더라."

"글쎄, 세상을 진짜로 변화시키는 앱도 좋아한다던데?"

앨리는 콧방귀를 뀌었다.

"클릭드도 세상을 진짜로 변화시키거든!"

"물론이지. 그런데 자기만큼 피자를 좋아하는 아이가 이 세상에 몇 명이나 있는지 몰랐을 땐 어떻게 학교생활을 했을까 몰라?"

네이선은 다시 헤드폰을 쓰고 아그네스의 모니터를 자기 쪽으로 돌려 화면을 숨겼다. 앨리도 아이라의 모니터를 획 돌려 버렸다. 까짓거, 신경 쓸 필요 없었다.

곧장 풀러 대학교 서버에 로그인한 다음, 코드걸스 구역으로 들어갔다. 앱의 기본이 되는 데이터가 가지런히 정렬되어 있는 걸 보니 기분이 한결 좋아졌다. 앨리는 스크롤을 움직이며 데이터를 찬찬히 살펴보았다.

사용자들의 전화번호, 프로필 사진, 형제자매 관계, 생일은 물론이고 좋아하는 운동, 책, 영화, 취미까지 한눈에 들어왔다. 사용자들이 퀴즈에 어떤 대답을 했는지, 로그인에 쓰이는 비밀번호가 뭔지도 한눈에 보였다. 이렇게 많은 사람들의 정보를 알고 있다는 것에 약간의 죄책감이 들면서도, 한편으로는 힘이 생긴 듯한 기분이 느껴지기도 했다.

앨리는 순위판 현황을 열었다. 숫자로 넘실대는 화면 속에서 사용자들의 관계를 순식간에 파악했다. 오직 앨리만이 접근할 수 있는 정보였다.

문득 점심시간에 에마가 했던 말이 떠올랐다. 에마의 순위판을 살펴보았지만 별다른 오류가 발견되지 않았다. 조와 매디의 순위판도 차례로 찾아보았다. 다른 사용자가 다가오면 순위가 곧 바뀔 듯했다. 아마도 매디는 바뀐 순위를 마음에 들어 하지 않을 테지만.

앨리는 데이터를 정렬하기 시작했다. 사용자들에 관해 최대한 많이 알고 싶었다. 먼저 생년월일을 기준으로 정렬해서 최연장자와 최연소자를 알아보았다. 그다음에는 형제자매의 수를 기준으로 정렬해 자기처럼 외동인 아이가 몇 명이나 되는지 살펴보았다. 또 순전히 재미 삼아 좋아하는 디저트를 기준으로도 정렬해 보았다.

그런데 학년별로 정렬했을 때 의아한 점이 발견되었다. 전체 사용자 363명 중에서 225명이 2학년이고 3학년은 84명, 그리고 1학년은 고작 54명뿐이었다. 전 학년이 골고루 가입하지 않은 이유가 뭘까? 앱이 안정적이라는 사실을 확인한 이상, 사용자를 최대한 많이 모으고 성공담도 학년별로 고르게 수집하고 싶었다.

'뭔가 유입책이 필요한지도 몰라.'

앨리는 전체 사용자를 선택한 다음에 공지 사항을 입력했다.

클릭드가 마음에 드나요?
지금 당장 친구들에게 알려 주세요!

메시지에 앱의 다운로드 링크를 추가한 다음 전송 버튼을 눌렀다. '슈욱' 소리와 함께 메시지가 임시 보관함에서 사라졌다.

얼마 뒤 수업을 마치는 종이 울리자 아이들은 소지품을 챙겨 컴퓨터실을 빠져나갔다. 앨리는 데이터베이스에서 알고 싶은 정보가 아직 남아 있어서 혼자 자리를 지켰다. 이번에는 초대 메시지를 받고도 클릭드를 내려받지 않은 사람의 명단을 뽑아냈다. 세 사람의 이름이 나왔는데, 거기에 네이선 프레데릭슨도 있었다.

"와우."

앨리는 복도로 나오다가 눈앞에 펼쳐진 광경을 보고는 자기도 모르게 감탄사를 내뱉었다.

마지막 교시가 끝나는 종이 울리기가 무섭게 아이들이 교실 밖으로 우르르 빠져나왔다. 복도는 휴대폰을 높이 쳐들고 뛰어다니는 아이들로 가득했다. 아이들은 클릭드의 친구를 찾아 질주하고, 휴대폰을 나란히 갖다 대고, 서둘러 셀카를 찍었다. 그런 다음에는 또 다른 힌트를 따라 달려갔다.

앨리는 휴대폰을 꺼내 사용자 수를 확인했다. 382명이었던 사용자 수가 무서운 속도로 불어나 스쿨버스 승차장에 닿았을 무렵에는 423명이 되어 있었다. 그 많은 아이들이 모두 앨리가 만든 앱을 사용하고 있었다.

버스에 오르려는데 조가 앨리를 다급하게 불러 세웠다. 조는 다짜고짜 앨리의 팔을 붙잡아 다른 곳으로 끌고 가려고 했다.

"버스가 곧 출발할 거야. 얼른 타야 해!"

"잠깐이면 돼. 꼭 보여 줄 게 있어. 일단 사람이 없는 데로 가자."

운전기사 아저씨가 성가시다는 눈빛으로 두 사람을 바라보았다. 조는 앨리의 팔을 잡아끌어 차창에서 멀리 떨어진 곳으로 데리고 갔다.

"왜 그래? 무슨 일이야?"

"아까 에마 봤어?"

"아니, 점심시간 뒤로는 못 봤는데? 왜?"

조는 당장이라도 토할 것처럼 손바닥으로 입을 틀어막았다.

"무슨 일이냐니까?"

심상치 않은 일이 벌어진 게 분명했다. 조가 휴대폰을 꺼내 앨리에게 내밀었다. 화면에는 누군가와 주고받은 대화창이 떠 있었다.

"이게 뭔데? 에마가 앤드류 샌더스를 좋아한대? 그런데 그게 왜?"

"이거 힌트야."

"힌트? 무슨 힌트?"

조는 혹시라도 누가 들을까 봐 주위를 둘러보았다. 아무도 없다는 것을 확인하고도 굳이 앨리의 귓가에 대고 속삭였다.

"나 아까 와이엇이랑 클릭드 친구가 됐는데, 와이엇의 휴대폰 화면에 힌트로 뜬 사진이 바로 이거였다고."

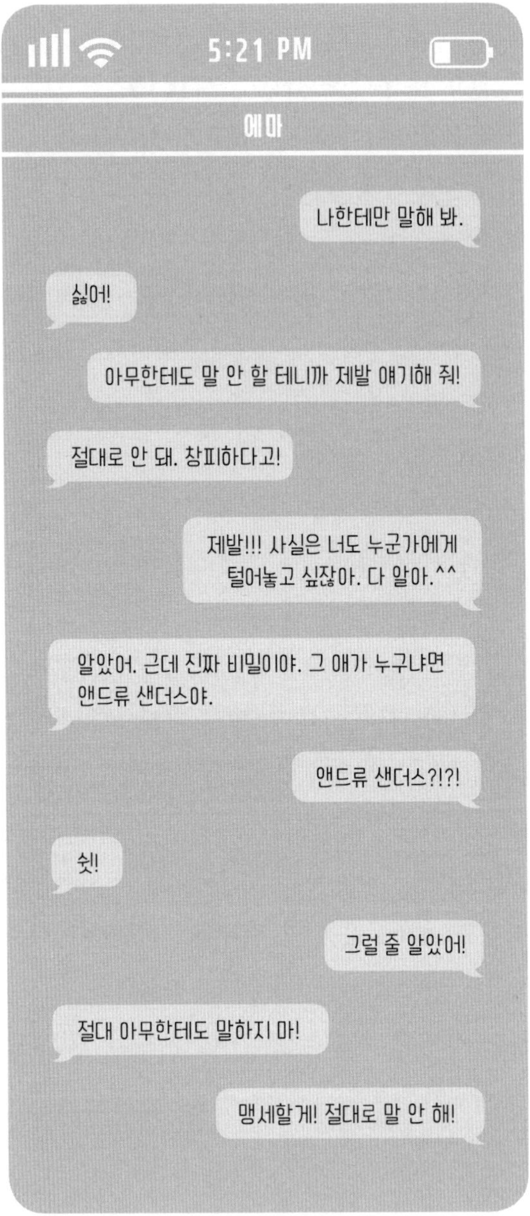
5:21 PM
에마
나한테만 말해 봐.
싫어!
아무한테도 말 안 할 테니까 제발 얘기해 줘!
절대로 안 돼. 창피하다고!
제발!!! 사실은 너도 누군가에게 털어놓고 싶잖아. 다 알아.^^
알았어. 근데 진짜 비밀이야. 그 애가 누구냐면 앤드류 샌더스야.
앤드류 샌더스?!?!
쉿!
그럴 줄 알았어!
절대 아무한테도 말하지 마!
맹세할게! 절대로 말 안 해!

조가 손가락으로 화면을 가리켰다.

"이거 스크린샷이야. 시간하고 배터리 잔량을 봐. 에마하고 토요일 오후에 주고받은 문잔데, 내가 캡처해서 휴대폰에 저장해 둔 거야."

"대체 왜 그랬어?"

조가 콧잔등을 찌푸리며 고개를 저었다.

"모르겠어. 그냥……, 에마가 나한테는 비밀 얘기를 잘 안 하잖아. 그래서……."

"에마는 원래 자기 비밀 얘기를 안 해. 너도 알잖아!"

"알아. 그래서 굉장한 일이라는 생각이 들어서 간직하고 싶었나 봐. 그런데 문제는 이 사진이 내 휴대폰 앨범에만 저장되어 있었다는 거야. 맹세코 다른 데는 절대로 안 올렸어."

조가 울상을 지으며 휴대폰을 바지 주머니에 쑤셔 넣었다. 실수로라도 다시는 보고 싶지 않은 것 같았다.

"더구나 내가 이걸 인스타그램에 올렸을 리가 없잖아."

"실수로 올라가 있는 거 아니야?"

"앨리, 내가 실수로 올렸다면 지금까지 모르고 있었겠어? 그렇잖아도 혹시 몰라서 이미 확인해 봤지만, 내 인스타그램엔 없었어. 누구한테 문자로 보낸 적도 없고."

이제는 앨리의 얼굴에서 핏기가 가실 차례였다.

"정말 백 퍼센트 확실해?"

"천 퍼센트 확실해. 클릭드 앱이 인스타그램이 아니라 내 휴대폰 앨범에서 힌트를 추출한 거야."

앨리는 앱의 사진 관련 코드를 머릿속에 떠올려 보았다. 힌트 사진을 인스타그램에서 추출하되, 클릭픽은 휴대폰 앨범에 저장하는 방법을 찾기까지 꼬박 일주일이 걸렸다. 그렇지만 결국 방법을 찾아냈고, 테스트도 수백 번 넘게 했다. 게다가 코드걸스 친구들과 앱을 테스트했을 때는 이런 문제가 한 번도 일어난 적이 없었다. 그렇지만 달리 생각해 보면, 코드걸스 친구들과는 테스트에 치중하느라 실제로 앱을 많이 사용해 보지 못했다.

"우연일 거야. 사용자가 수백 명인데 지금까지 이런 일은 한 번도 없었으니까. 그렇지만……."

앨리는 말끝을 흐렸다. 뭐라고 해야 할지 알 수가 없었다. 몸에서 힘이 쭉 빠져나가는가 싶더니, 메고 있던 가방이 땅바닥에 툭 떨어졌다.

그냥 넘어갈 수 없는 문제였다. 문자의 내용 그 자체도 뜻밖이었지만, 누군가의 비밀이 무작위로 폭로된다는 것 역시 놀랍기 그지없었다. 그런데 이런 일이 또 생기면 어쩌지? 개인적인 사진이 허락도 없이 공유되는 건 아주 심각한 문제였다. 어떻게든 오류의 원인을 찾아 해결해야만 했다.

"그 사진, 와이엇 한 사람만 본 거 확실하지?"

조가 고개를 끄덕였다.

"보기보다 괜찮은 애더라고. 사진을 아무에게도 보여 주지 말고 지워 달라고 부탁했어."

"잘했어. 일단 너 먼저 가. 나는 컴퓨터실에 가서 코드를 좀 확인해 볼게. 만약 클릭드가 진짜로 두 군데에서 사진을 추출하고 있다면, 내가 찾아낼 수 있을 거야. 고치는 것도 어렵지 않을 거고."

"그래?"

앨리는 일부러 더 자신 있는 목소리로 대답했다.

"괜찮아. 별문제 아니야. 축구 연습 시간까지 한 시간쯤 남았는데, 그 정도면 충분해. 엄마한테 내 축구 가방을 챙겨서 학교로 데리러 와 달라고 부탁할 거야. 우린 이따 축구장에서 보자."

조는 여전히 마음이 편치 않은 듯했다. 앨리는 조를 꽉 안아 주었다.

"걱정하지 마. 내가 해결할게. 딱 한 사람밖에 안 봤고, 넌 에마하고 한 약속을 어기지 않았어. 일부러 말한 게 아니니까."

"응."

"이 일을 아는 건 영원히 우리 둘뿐이야."

"에마한테 말해 줘야 하지 않을까?"

앨리는 한숨을 푹 내쉬었다.

"안 그래도 에마는 이미 순위판 때문에 마음이 상했잖아. 걔가 얼마나 감수성이 예민한지 알지? 일단 문제부터 해결한 다음에 둘이 같이 에마한테 털어놓자. 알겠지?"

"알겠어."

"그리고 그 스크린샷은 아예 지우는 게 좋겠어."

조는 침울한 얼굴로 고개를 끄덕였다. 앨리는 조가 버스에 올라타는 걸 본 뒤 서둘러 컴퓨터실로 향했다. 걸어가는 동안 휴대폰의 사진 앨범을 열어 스크롤을 내렸다. 그리고 실수로라도 절대 공유하고 싶지 않은 사진들을 모조리 삭제했다.

실행 취소

사용자
487

앨리가 다급하게 컴퓨터실 안으로 뛰어들자, 교탁 앞에 앉아 있던 슬레이드 선생님이 놀라서 물었다.

"앨리, 무슨 일 있니?"

"저……."

앨리는 사실대로 털어놓고 도움을 청하려다가 입을 꾹 다물었다. 캠프 발표 때 자신을 자랑스러워하던 선생님의 표정이 떠올라서였다. 그런데 이제 와서 코드에 바보 같은 실수가 있었다는 것이 밝혀지면 선생님이 어떻게 생각할까? 아니, 이 일로 대회에 나갈 수 없게 된다면?

앨리는 애써 웃어 보였다.

"아니요, 아무 일도 없어요. 그냥 코드걸스 서버를 좀 확인하고 싶어서요. 선생님, 저 컴퓨터 좀 잠깐 써도 될까요?"

"물론이지. 아이라는 비어 있어."

아그네스의 모니터 위로 네이선이 고개를 빼꼼 내밀었다. 손을 흔드는 둥 마는 둥 하는 모습에 이맛살이 절로 찌푸려졌다. 한시라도 빨리 토요일이 와서, 저 썩은 미소를 한 방에 날려 버리고 싶었다.

"앨리, 아무 일 없는 거 맞니?"

앨리는 힘차게 고개를 끄덕였다. 아무 일도 없었다. 그저 사소한 실수가 하나 있을 뿐이었다. 코드 한 줄만 수정하면 될 터였다.

"그럼요."

선생님은 앨리의 대답이 미심쩍은 눈치였지만 더는 캐묻지 않았다. 그저 미소를 지으며 두 손으로 양쪽 귓불을 살짝 들어 보였다. 선생님 귀에서 컴퓨터 자판 모양의 귀걸이가 달랑거리고 있었다. 한쪽은 컨트롤 키, 다른 쪽은 Z 키였다.

"무슨 뜻인지 알지?"

두 키를 합치면 컨트롤 Z라는 단축키가 되었다. 앨리는 씩 웃었다.

"컨트롤 Z는 실행을 취소하라는 명령어예요."

"맞아. 그리고 그건 내가 코딩을 좋아하는 이유이기도 해. 코딩에서는 뭐든지 할 수 있어. 위험한 시도도 얼마든지 환영이고, 엄청난 사고를 쳐도 돼. 왜 그런지 아니?"

앨리는 고개를 저었다.

"컨트롤 Z가 있으니까. 언제든지 실행 취소를 누를 수 있거든. 그런 다음에 다시 시작하는 거지."

선생님은 비밀 이야기라도 하려는 듯이 앨리 쪽으로 몸을 숙였다.

"그러고 보면 우리 인생에도 실행 취소 키가 있다면 참 좋을 텐데, 그렇지?"

앨리는 버스 승차장에서 본 조의 표정이 떠올랐다. 가슴이 턱 막히는 것 같았다.

"네, 정말 그래요."

"도움이 필요하면 언제든지 얘기해. 그렇지만 멘토로서 내가 할 수 있는 건 지켜보는 일뿐이라는 거 알지? 제안을 할 수는 있지만 대신 수정해 주는 건 금지거든."

앨리는 고개를 끄덕였다. 선생님이 안심하라는 듯이 앨리의 등을 다독였다.

"조언이 필요하면 언제든지 찾아와."

"고맙습니다."

앨리는 기분이 한결 나아졌다.

네이선은 두툼한 까만색 헤드폰을 낀 채 아그네스 앞에 앉아 있었다.

"여기서 뭐 해? 네 앱에는 '오류'가 전혀 없는 줄 알았는데."

앨리는 손가락을 구부려 '오류'라는 단어를 강조했다. 네이선은 헤드폰을 벗어서 목에 걸었다.

"오류 따윈 없어. 사소한 부분을 조금 손보려는 것뿐이야. 그러는 넌 여기서 뭐 하냐? 너의 클릭드는 지금 '대유행' 아닌가?"

네이선도 '대유행'을 강조하며 앨리처럼 손가락을 구부려 보였다.

"내가 뭘 하든지 네 알 바 아니고. 물론 클릭드가 대유행인 건 맞아. 이번 주 토요일이면 너하고 꼬마 건축가들은 완전히 끝장날걸!"

"과연 그럴까?"

"두말하면 잔소리지."

앨리는 자리에 앉아 스페이스 키를 눌렀다. 화면이 켜지자 비밀번호를 입력한 다음 모니터를 자기 쪽으로 돌렸다. 네이선이 호기심 가득한 눈빛으로 뚫어져라 바라보았기 때문이다.

"걱정 마. 네가 왜 그렇게 식겁했는지 하나도 안 궁금하니까. 왠지 이유를 알 것도 같지만."

앨리는 헤드폰을 쓰고 자판을 두드리는 네이선을 빤히 쳐다보았다.

'눈치챈 걸까? 클릭드에 가입하지도 않았는데?'

앨리는 신경을 끄고 풀러 대학교의 서버로 들어갔다. 클릭드의 비밀번호를 입력하고 창을 몇 개 더 열자 소스 코드가 보였다. 여름 방학 내내 씨름했던 명령어들이지만, 개학하고 나서는 처음 열어 보는 것이었다. 그래도 고향에 온 것같이 친숙한 느낌이 들었다. 어디를 들여다봐야 할지도 정확하게 알고 있었다.

앨리는 스크롤을 내려서 클릭드가 사용자의 인스타그램 계정에서 사진 힌트를 추출하게 하는 코드를 찾았다. 클릭픽을 사용자의 휴대폰 앨범에 저장하게 하는 코드도 찾았다. 둘 다 아무 문제가 없어 보였다. 다음에는 사진과 관련된 코드를 모조리 찾기 시작했다. 시스템이 두 개의 출처를 혼동하는 것과 관계가 있을 법한 코드를 찾긴 했지만, 그 어디에서도 문제는 발견되지 않았다.

코드를 노려보기 시작한 지 삼십 분이 지나자 화면의 글자가 번져 보이기 시작했다. 앨리는 눈을 비비고 양손을 몇 번 턴 다음에 다시 스크롤을 올려서 처음부터 하나씩 살펴보았다.

"얘들아, 선생님 좀 나갔다 올게."

앨리와 네이선이 동시에 고개를 번쩍 들었다.

"뭐 필요한 거 있니?"

두 사람 다 고개를 저었다. 잠시 후 선생님은 팝콘 두 봉지를 들고 와 앨리와 네이선 앞에 한 봉지씩 내려놓았다.

"둘 다 별문제 없지?"

앨리는 걱정을 숨기며 짐짓 밝게 대답했다.

"넵!"

네이선도 똑같이 대답하고는 팝콘을 한 움큼 집어 입에 넣었다.

"좋아. 그럼 선생님은 이만 가 볼게. 무섭도록 지루한 회의에 참석해야 하거든. 한 시간이면 될 거야."

앨리는 팝콘을 한 주먹 꺼내 먹으며 화면의 소스 코드를 뚫어지게 쳐다보았다. 어딘가에 문제가 있을 터였다. 아무런 명령어 없이 아무데서나 사진을 끌어올 수는 없었다.

네이선이 헤드폰을 내려서 목에 걸며 말을 꺼냈다.

"저기, 계속 생각해 봤는데……."

"별로 좋은 얘기는 아닌 것 같네."

앨리는 화면에서 눈도 떼지 않은 채 냉랭하게 대꾸했다.

네이선은 앨리의 말을 못 들은 척하며 말을 이었다.

"나도 그거 내려받으려고."

"그거라고 말하지 마."

"알았어, 네가 만든 그 훌륭한 앱 '클릭드' 말이야. 순위판이라는 게 그렇게 재미있다며?"

앨리는 아무 대꾸도 하지 않았다. 네이선이 손끝으로 책상을 톡톡 내려치는 소리만 조용한 컴퓨터실을 가득 채웠다.

"네 순위판은 어때? 반전 같은 거 있어?"

앨리는 한숨을 내쉬었다.

"설치해서 직접 봐. 클릭드를 설치하면 다른 사용자의 프로필도 볼 수 있으니까. 그리고 나, 지금 할 일이 태산이거든?"

"그래, 알았어. 네가 보낸 초대 메시지가 여기 어디 있었는데……. 아, 찾았다!"

네이선은 휴대폰을 만지작거리며 중얼거렸다. 일부러 들으라고 하는 말인 것 같았다. 앨리는 다시 한 번 한숨을 내쉬었다.

"지금 설치하는 중이야."

"그래그래, 일일이 중계해 주지 않아도 돼."

네이선은 등받이에 기대어 책상 위로 두 다리를 올려 쭉 뻗었다.

"히야, 프로필 하나 만드는 데 대답할 게 많기도 하다."

네이선이 휴대폰의 자판을 두드리며 물었다.

"이렇게 모은 사용자 데이터로 뭐 할 거야?"

"아무것도 안 해."

"팔아도 되겠다. 대기업 같은 데서 비싸게 살걸? 우린 시장이 항상 눈독을 들이는 소비자잖아."

"난 정보 안 팔아."

네이선이 프로필을 설정하는 동안 컴퓨터실이 다시 조용해졌다. 앨리는 코드 탐색에 몰두했지만, 침묵은 그리 오래가지 않았다.

"허어, 사진이라……."

네이선은 휴대폰을 높이 쳐들고 렌즈를 보며 미소를 짓다가 앨리가 쳐다보는 걸 눈치채고는 휴대폰을 쓱 내밀었다.

"좀 도와줄래?"

앨리에게 휴대폰을 넘긴 네이선은 의자 등받이에 기대며 두 손으로 머리를 받치고 먼 곳을 응시했다.

"지금 장난해? 나, 진짜로 할 게 엄청 많거든. 그냥 셀카 찍어!"

"셀카는 맨날 망해서."

"셀카야말로 절대로 안 망해. 네가 찍을 줄 몰라서 그렇지."

"그냥 좀 찍어 줘. 일 초면 되는데. 그다음엔 진짜로 귀찮게 안 할게."

네이선은 능청스럽게 웃으며 다시 포즈를 취했다. 앨리는 카메라 버튼을 대충 꾹 누른 다음, 어떻게 나왔는지 확인하지도 않고 휴대폰을 도로 내밀었다.

네이선은 마음에 든다는 듯이 고개를 끄덕였다.

"잘 나왔네. 좋아, 프로필은 됐고. 이제 퀴즈다!"

앨리는 벽에 걸린 시계를 쳐다보았다. 엄마가 데리러 오기까지 십 분밖에 남지 않았다. 코드에 집중하고 싶은 마음과 달리 자꾸만 네이선에게로 눈길이 갔다. 네이선은 처음에 집중하는 듯이 얼굴을 찌푸렸지만 점차 표정이 부드러워졌다. 가끔 빙그레 웃기도 했다. 앨리는 자기도 모르게 네이선 쪽으로 몸이 기울어졌다. 어떤 퀴즈에 답을 하고 있는지 궁금했다.

갑자기 네이선이 크게 웃음을 터뜨렸다.

"왜?"

"좋아하는 남자 아이돌 그룹을 고르라고? 진심이야?"

"그게 왜?"

"와우! 어쨌든 알았어. 흠, 이거야말로 어렵네."

네이선은 드럼을 치듯이 책상을 두드려 댔다.

"좋아하는 밴드를 고르라 이거지? 아, 이건 진짜 말도 안 된다. 그중에 좋아하는 보컬이 누구냐고?"

앨리는 눈을 위로 치켜떴다. 컴퓨터실에 여분의 헤드폰이 있다면 빌리고 싶은 심정이었다. 네이선은 퀴즈를 푸는 내내 말을 걸었지만, 앨리는 못 들은 척했다. 그러다가 더는 참지 못하고 모니터를 부여잡으며 머리를 쾅쾅 부딪치는 시늉을 했다.

"나, 지금 집중하고 있거든? 응?"

"그래, 알았어. 미안!"

하지만 네이선은 끝까지 방해를 했다.

"마지막 질문이다! 제일 좋아하는 도넛을 고르라고? 이 테스트는 누구도 통과할 수 없어!"

"너, 일부러 그러는 거지? 나, 놀리니?"

"놀리다니. 나, 지금 진짜 진지하다고!"

"날 놀리는 게 분명하군."

네이선은 앨리를 보며 씩 웃었다.

"난 널 놀리는 게 아니라 귀찮게 하는 거야. 그 둘은 엄연히 다르다고. 어쨌든, 이제 시작이다!"

네이선은 요란하게 '시작하기' 버튼을 눌렀다.

네이선이 버튼을 누르기가 무섭게 앨리의 휴대폰이 블룹, 블룹, 블룹 세 번 울리면서 화면이 밝아졌다. 빠르게 깜박거리는 화면에 네이선이 엄마와 함께 찍은 사진이 떴다. 네이선의 휴대폰도 똑같이 울리고 있었다.

"오, 이렇게 재미있을 수가!"

네이선이 빙그레 웃자 앨리는 네이선의 휴대폰 화면을 보기 위해 목을 길게 뺐다. 네이선이 화면을 손바닥으로 가렸다.

앨리는 사진 힌트가 제발 인스타그램에서 추출되었기를 바랐다. 만약에 휴대폰 앨범에서 추출된 사진이 떴으면 어쩌지? 그렇게 되면 네이선에게 지금 컴퓨터실에 앉아서 코드와 씨름하는 이유를 털어놓아야 할지도 몰랐다.

네이선이 앨리에게 휴대폰을 보여 주었다.

"사진 멋지네."

앨리는 그 사진을 찍었던 밤을 또렷하게 기억했다.

"고마워. 옆의 친구는 코드걸스에서 만난 코트니야. 어항에서 밤늦게까지 코드를 짜던 날 찍은 사진이지."

앨리는 안도의 한숨을 내쉬었다. 네이선이 눈썹을 찌푸렸다.

"어항이 뭔데?"

"풀러 대학교 컴퓨터실을 그렇게 불렀어. 컴퓨터실 벽면이 다 통유

리창이거든. 거기에서 코드를 짤 때면 밖에 있는 듯한 느낌이었어. 풀러 대학교에는 작은 잔디 구장도 있어서 친구들이랑 쉬는 시간에는 축구도 하고, 엄청 큰 떡갈나무 아래에서 점심도 같이 먹었는데……."

앨리는 어항이 참을 수 없이 그리워졌다. 어항에서 함께 지냈던 친구들도.

"좋았겠네."

"응, 참 좋았어. 무엇보다 거긴 되게 조용했어. 서로의 작업 시간을 존중했거든."

앨리가 뼈 있는 말을 덧붙이자 네이선이 겸연쩍은 표정을 지었다.

"네가 나한테 하고 싶은 말이 있는 줄 알았지. 그런데 이거, 이제 어떻게 하면 돼?"

"휴대폰을 나란히 갖다 대면 서로가 순위판에서 몇 위에 있는지 알 수 있게 돼."

"만약에 나란히 대지 않고 비밀로 남기면?"

"난 상관없어. 꼭 알 필요도 없고."

앨리는 자기 휴대폰을 네이선으로부터 최대한 멀찍이 떨어뜨린 다음 작업을 하기 시작했다. 네이선도 휴대폰을 책상에 내려놓고 자판을 두드렸다.

앨리는 클릭드의 데이터를 다시 띄웠다. 이름만 검색하면 네이선의 퀴즈 답을 다 볼 수 있을 터였다. 순위판 결과를 찾는 것도 시간문제였다. 스크롤을 올려 검색창으로 가서 네이선의 이름을 입력하려는데, 네이선이 휴대폰을 요란하게 집어 들었다.

"아까 한 말 취소할게! 궁금해서 도저히 못 참겠다."

"안 궁금하다며? 그럼 굳이 알 거 없잖아."

"에이, 이것 좀 봐."

네이선은 부루퉁한 얼굴로 자신의 휴대폰을 내밀었다. 텅 빈 채 물음표만 가득한 순위판이 보였다.

"난 친구가 한 명도 없어."

"그럴 만한 이유가 있는 것 같은데……."

앨리는 이제 와서 네이선이 하자는 대로 하기 싫었지만, 한편으로는 클릭드의 진가를 톡톡히 보여 주고 싶기도 했다. 그러면 아주 손쉽게 네이선을 불안하게 만들 수 있을 터였다.

"좋아."

앨리는 휴대폰을 들어 네이선의 휴대폰 옆에 나란히 대었다.

두 사람은 숨죽인 채 서로의 화면을 들여다보았다. 화면이 하얗게 반짝거리더니 이내 순위판이 나타났다. 두 사람은 서로의 1위였다. 앨리는 짜증이 훅 치밀어 올랐다.

"너, 퀴즈를 정직하게 푼 거 맞아?"

"당연하지. 내가 왜 거짓말을 하겠어?"

클릭드의 사용자는 500명도 넘었다. 그 많은 사람들 중에 앨리와 공통점이 가장 많은 사람이 네이선 프레데릭슨이라고? 절대로, 완전히, 불가능한 일이다!

"서로를 싫어하는 것치고는 흥미로운 순위인걸?"

앨리가 네이선을 빤히 쳐다보았다.

"넌 나 안 싫어해. 내가 너를 싫어하지! 내가 널 싫어하게 된 지도 벌써……."

앨리는 말끝을 흐렸다. 수년간 겪어 온 일들이 작은 것까지 하나하나 다 떠올랐다. 그 일들이 쌓이고 쌓여 네이선은 앨리의 적이 되었다. 두 사람은 말없이 서로를 쳐다보았다.

이제 앨리에게는 사용자를 더 많이 모아야 하는 새로운 이유가 생겼다. 사용자가 많아질수록 네이선은 앨리의 순위판에서 빨리 밀려날 테니까.

"난 이거 마저 해야겠어."

앨리는 단호하게 말하고는 자판을 힘주어 눌렀다.

차마 하지 못한 말

사용자
574

학교 정문으로 나가 보니 엄마가 기다리고 있었다. 앨리가 조수석에 올라타 안전벨트를 매는데, 뒤에서 보가 얼굴을 쑥 내밀어 뺨을 핥았다.

"보! 보고 싶었어! 너도 나, 보고 싶었어?"

앨리는 보의 푹신한 목덜미에 얼굴을 묻었다. 덕분에 끊임없이 울리는 휴대폰 소리를 외면하기가 한결 수월했다. 클릭드의 새로운 가입자를 알리는 알림음이었다.

엄마가 차에 시동을 걸고 출발하면서 물었다.

"왜 이렇게 늦게까지 학교에 남아 있었어? 이제 겨우 둘째 날인데."

만약에 코드에서 오류를 발견해 해결했다면 엄마에게 다 털어놓았을 것이다. 하지만 당장은 어떤 상황인지 설명하는 것조차 버거웠다.

"그냥 컴퓨터실에서 토요일 대회 준비를 좀 했어요."

어느 정도는 사실이었다.

엄마는 앨리의 손을 꼭 잡아 주었다.

"앨리, 지난 주말에 정말 굉장했어. 아빠하고 엄만 네가 얼마나 자랑스러운지 몰라. 토요일 대회도 무척 기대돼."

엄마는 싱긋 웃으며 손을 놓고는 다시 운전대를 두 손으로 잡았다. 그러고는 회사에서 있었던 일들을 이야기하기 시작했다. 앨리는 엄마의 이야기에 감탄사를 섞어 열심히 대답하면서도 연신 휴대폰 화면을 힐끗거렸다.

클릭드는 마치 슬라이드 쇼처럼 끊임없이 새로운 클릭픽을 쏟아 냈다. 클릭드 친구가 된 아이들은 모두 행복하고 즐거워 보였다. 힌트로 받은 사진을 걱정하는 아이는 없는 것 같았다. 앨리는 조에게 일어난 일이 단순한 실수나 단발성의 우연이기를 바랐지만, 그럴 리 없다는 걸 누구보다 잘 알고 있었다. 게다가 컴퓨터실에서 한 시간이나 애썼지만, 결국 해결의 실마리조차 찾지 못했다. 이제 조한테 뭐라고 해야 할까? 또 에마한테는?

잠시 후 축구장 앞에 차가 멈춰 섰다.

"연습이 끝난 뒤에는 매디 엄마가 집까지 태워다 주실 거야."

앨리는 뒷좌석에서 축구 가방을 집어 들고 보한테 작별 뽀뽀를 한 다음 차에서 내렸다.

"이따 봬요."

축구장 한쪽에 같은 팀 아이들이 모여 있었다. 매디와 에마는 다른 아이들과 수다를 떨며 스트레칭을 하고 있었지만, 조는 외따로 앉아 축구화 끈을 만지작거리고 있었다. 앨리는 가방을 내려놓고 조 옆에 털썩 드러누웠다.

“앨리, 그런 태도는 별로 안심이 되지 않는걸.”

앨리는 조의 말에 대꾸도 하지 않고 눈을 감은 채 머리를 양옆으로 흔들었다. 인조 잔디 줄기가 두피 속을 파고드는 것 같았다. 눈을 뜨자 조가 내려다보고 있었다.

“생각처럼 간단하진 않더라고.”

그때 축구팀 코치 선생님이 앨리와 조를 불렀다. 다른 아이들은 벌써 트랙을 돌며 몸을 풀고 있었다. 조는 한숨을 쉬며 축구화 끈을 다시 묶기 시작했다. 얘기할 시간을 벌 생각인 듯했다. 조는 손을 계속 움직이면서 앨리에게 자세히 얘기해 보라는 표정을 지었다.

앨리는 몸을 일으켜 가방에서 축구화를 꺼냈다. 끈을 일부러 느릿느릿 묶으며 조에게 설명했다.

“못 찾았어.”

“그게 무슨 뜻이야?”

“시간이 너무 부족했어. 오늘 밤에 다시 해 볼 거야. 그런데…… 사진 관련 내용은 코드 중간에 있어서 생각처럼 한두 줄 수정하는 것으로 끝날 문제가 아닐지도 모르겠어. 모든 게 다 연결되어 있어서…….”

앨리는 두 손으로 깍지를 껴 보였다.

“사진 접근 문제는 굉장히 긴 코드거든. 인스타그램에서 추출한 힌트를 제공하고, 클릭픽을 휴대폰 앨범에 저장하면서 전체 사용자한테 뿌리는 게 전부 하나야.”

조는 여전히 무슨 말인지 모르겠다는 표정이었다.

앨리는 두 손을 번갈아 차곡차곡 쌓아 올리는 모습을 보여 주었다.

"그러니까 케이크로 치면 크림이 3층인 셈이야. 사진 부분이 중간층이어서 위아래 크림을 안 건드리고 중간 크림만 손댈 수가 없어."

앨리는 자리에서 벌떡 일어나 발을 높이 차올리며 스트레칭을 했다. 조는 옆에서 오른쪽 다리를 앞으로 내밀며 런지 운동을 하기 시작했다.

"문제가 된 부분을 찾아낸다고 해도 코드를 건드리는 위험을 감수할 수 있을지 모르겠어. 먼저 토요일 대회부터 끝내야 해."

"토요일까지는 나흘이나 남았잖아."

"내 말이 그 말이야. 겨우 나흘이야. 오늘 시스템 전체를 살펴보고 조금이라도 의심스러운 자료는 다 지웠어. 스크린샷이나 초점이 흐릿한 사진같이, 아무튼 자진해서 올릴 것 같지 않은 사진은 다 지웠지만 고작 몇 장뿐이었어. 힌트가 계속 휴대폰 앨범에서 추출되는 건 아니야. 99퍼센트의 확률로 인스타그램에서 추출하고 있어. 내가 코딩한 정확히 그대로."

"그렇다면 나머지 1퍼센트는?"

조가 주위를 살피며 조심스럽게 되물었다.

"진짜 은밀한 사진이라도 나오면 어쩌려고 그래?"

"유출되기 전에 삭제하면 돼."

조는 어이없다는 듯이 피식 웃었다.

"그게 말이 돼? 내일부터 나흘 내내 컴퓨터 앞에 붙어 앉아서 감시할 거야? 클릭드가 무작위로 사진을 추출할 때를 대비해서?"

"어차피 오류를 찾아낼 때까지는 붙어 있어야 돼. 점심시간하고 방과 후에는 곧바로 컴퓨터실로 직행하고, 집에 도착하면 바로 책상에 앉아서 코드를 철저하게 검토할 거야. 조금이라도 이상한 사진이 보이면 바로 삭제하고. 다른 방법이 없잖아?"

"아니면 앱을 잠깐 닫아도 되잖아. 아예 닫으라는 게 아니라, 뭐가 문제인지 찾아내서 수정할 때까지만이라도."

앨리도 생각해 보지 않은 바는 아니었다. 하지만 그러기에는 클릭드가 너무 상승세였기에 차마 그렇게까지 할 수가 없었다.

"걱정 마. 내가 해결할게. 생각보다 오래 걸릴지는 몰라도 결국엔 수정할 수 있어. 그사이에 개인적인 사진이 유포되는 일은 절대로 없게 할 거야."

"거기 두 사람! 오늘 안에는 연습에 합류할 수 있는 거냐?"

코치 선생님이 다른 아이들을 가리키며 외쳤다. 두 사람은 다른 아이들과 간격을 두고 묵묵히 오 분을 달렸다.

잠시 후 조가 머뭇거리며 물었다.

"에마한테 말해야 할까?"

앨리는 얼굴을 찌푸렸다.

"엄청 화낼 텐데……."

"그렇겠지?"

"게다가 와이엇은 이번 일을 아무렇지도 않게 생각하는 것 같고."

"그건 확실해. 사진도 지웠댔어."

"그럼 에마의 비밀은 지킨 거잖아. 굳이 말을 꺼내서 에마를 화나게 할 필요가 있을까?"

조는 손을 달달 떨었다.

"어떻게 말해야 할지 모르겠어."

"그럼 우리……, 말하지 말자."

앨리가 축구 연습을 끝내고 집으로 돌아오자 늘 그랬듯이 보가 현관에서 기다리고 있었다. 앨리는 가방을 내려놓고 현관에 주저앉았다. 보가 앨리의 품으로 뛰어들어 뺨에 뽀뽀를 퍼부었다.

"보, 가자! 결판을 지어야지."

앨리는 한걸음에 두 칸씩 계단을 뛰어올랐다. 보는 앨리 뒤를 졸졸 따라갔다.

아래층 주방에서 엄마가 앨리를 불렀다.

"지금 저녁 먹을 건데 어디 가니?"

"전 제 방에서 먹어도 돼요?"

"준비 다 됐어. 같이 먹고 금방 올라가는 게 어때? 오늘 학교에서 어땠는지도 궁금하고."

'모르는 게 더 좋으실 거예요.'

클릭드를 열어 보지 않은 지 벌써 두 시간이나 지났다. 이미 저녁 먹을 시각이니까, 사진 힌트를 받을 만큼 서로 가까이에 있는 아이들은 없을 터였다. 그래도 코드를 보지 않으면 못 견딜 것 같았다.

"숙제가 진짜 많아서요."

"알았어. 그럼 가져가서 먹도록 해."

앨리는 쏜살같이 주방으로 갔다. 군침을 돌게 하는 음식 냄새가 진동했다. 다 맛있어 보였다. 문득 오늘 점심을 먹는 둥 마는 둥 한 뒤, 컴퓨터실에서 팝콘 몇 개를 집어 먹은 것 말고는 내리 굶었다는 사실이 떠올랐다. 앨리는 식사 준비를 돕는 아빠의 뺨에 뽀뽀를 하고 나서 치킨과 익힌 채소를 접시에 양껏 담았다.

"그럼 올라갈게요!"

앨리가 책상 앞에 앉자 따라 들어온 보가 앨리의 발치에 웅크리고 앉았다. 그새 클릭드에 새로 가입한 아이는 모두 47명이었고, 전체 사용자 수는 605명이었다. 앨리는 믿기지 않아서 고개를 절레절레 저었다. 이 속도대로라면 내일 아침에는 650명, 내일 저녁에는 700명이 될 수도 있을 것 같았다.

앨리는 음식을 우물거리면서 최근 30시간 동안 새로 수집된 사용자 데이터를 빠르게 훑었다. 사진 목록도 확인했다. 축구 연습을 하는 사이에 클릭드 친구가 된 아이들도 꽤 있었다. 새로 올라온 클릭픽들을 보니 저절로 웃음이 나왔다. 어떻게 서로를 찾아냈을까? 쇼핑몰을 어슬렁거리고 있는데 블룹 소리가 울렸을까? 축구나 달리기 연습을 하는 도중에 휴대폰이 울렸나?

앨리는 힌트로 사용된 사진들을 한 장 한 장 확인했다. 다 공개해도 될 것 같은 사진들로, 인스타그램에서 정상적으로 추출된 듯했다.

"혹시 마법처럼 저절로 오류가 수정된 건 아닐까?"

앨리는 보의 폭신한 털에 발끝을 묻으며 중얼거렸다. 그러나 이내 깊은 한숨이 새어 나왔다. 그런 일이 불가능하다는 걸 너무나 잘 알고 있었기 때문이다.

다시 풀러 대학교의 서버로 들어갔다. 차마 코드걸스 로고를 누를 수가 없었다. 명령어들이 넘실대는 소스 코드의 바다에 또 뛰어들고 싶지 않았다. 한나절 사이에 벌써 네 번이나 들어갔다 나왔다.

고개를 돌리자 침대가 보였다. 이불 속으로 곧장 들어가고 싶은 마음이 굴뚝같았다. 하지만 앨리는 마음을 다잡고 휴대폰을 꺼내 들었다. 클릭드를 실행해 코드걸스 그룹을 열었다.

앨리의 프로필은 똑같았다. 그저 친구 수가 648명이 아니라 20명이라는 것만 달랐다. 앨리는 자신이 개발한 것이 앱이 아니라 순간 이동 장치였으면 얼마나 좋을까, 하고 생각했다. 그러면 코드걸스 친구들을 당장 방으로 데려올 수도 있고, 친구들이 도와준다면 문제 해결은 식은 죽 먹기일 텐데…….

일단 코트니의 프로필을 열어서 상태를 확인했지만, 딱히 새로운 소식은 없었다. 지난여름, 두 사람은 '굿 데이 배드 데이'라는 앱을 만들었다. 코드걸스 캠프에서는 기분이 롤러코스터를 탈 일이 많았다. 하루는 하늘이라도 날 수 있을 것처럼 의기양양했다가, 또 하루는 땅속으로 파고들고 싶을 만큼 시무룩해지기도 했다. 그래서 두 사람은 자기 전에 그날 있었던 일 중에서 좋았던 일 세 가지와 나빴던 일 세 가지를 뽑아서 공유하기 시작했다.

앨리는 코트니에게 문자 메시지를 보냈다.

앨리

굿 데이 배드 데이, 콜?

코트니

콜!

앨리

너 먼저.

코트니

동생이랑 집에서 논 거.
학교에서 새 친구 사귄 거. (성격 완전 좋음)
선생님이 내 앱이 '중독성' 있다고 한 거. 이제 너!

앨리

현재 사용자 648명. (빠르게 늘어나는 중)
앱이 인기 있는 거. (다들 폰 들고 다님)
좋은 세상을 위한 게임에서 우승할 확률이 높아진 거.

코트니

어항 보고 싶은 거. 코드걸스 친구들 보고 싶은 거.
그중에서도 네가 제일 보고 싶은 거.

앨리는 코트니에게 클릭드에 오류가 생겼다고 털어놓고 싶었지만, 어떻게 말해야 할지 알 수가 없었다.

앨리

친구하고 문제 생긴 거. 최악의 적이 옆자리인 거.

나도 너, 엄청 보고 싶은 거!

코트니

잘 자. ♥

앨리

너도 잘 자. ♥

앨리는 또다시 풀러 대학교의 서버에 들어갔다. 코드걸스 로고를 클릭해서 소스 코드로 들어갔다. 눈을 깜박이며 색색의 문자열을 노려보고는 손가락을 들어 자판을 눌렀다.

"좋아. 오류 코드, 너 잘 들어. 나, 엄청 피곤해. 장난은 이제 끝이야. 널 찾아낼 때까지 절대로 포기 안 해. 알아들었어?"

최악의 상황

사용자 652

앨리는 스쿨버스에 올라타자마자 조의 옆자리에 쓰러지듯이 앉았다. 한숨을 쉬며 어깨에 머리를 기대자, 조가 토닥여 주었다.

"찾았어?"

"어제 열두 시까지 했어. 그런데 문제가 될 만한 코드를 수정하면 다른 데서 오류가 생겨. 아무래도 시간이 좀 더 걸릴 것 같아."

"나, 앨범에 있는 사진 다 지웠어. 혹시 몰라서."

"나도."

앨리는 눈을 꼭 감았다. 두 사람은 학교 가는 내내 말이 없었다. 예전에 비해 버스 안도 조용했다. 같은 버스를 타는 아이들끼리는 이미 순위가 다 정해진 듯했다.

앨리는 버스의 흔들거림에 몸을 맡기고 엔진 소리를 들으며 꾸벅꾸벅 졸았다. 어느새 학교에 도착해 버스에서 내리자 그제야 정신이 번쩍 들었다.

버스는 조용했을지 몰라도 학교는 아니었다. 학교 앞 잔디밭은 전날보다 더 시끌벅적했다. 교장 선생님은 교장실에서 나와 이 광경을 잠자코 지켜보았다. 1교시 시작종이 울리기 전까지는 선생님도 속수무책이었다.

앨리는 온몸에서 아드레날린이 솟구치는 기분이 들었다. 조와 헤어진 뒤 사물함이 늘어선 복도로 들어서자 매디가 보였다. 화가 잔뜩 난 것 같았다.

"크리스 오빠가 없어졌어!"

"뭐라고?"

"이것 봐, 없어졌다고. 에마도 없어. 너하고 조는 9위하고 10위로 떨어졌고, 순위판에 남은 건 잘 알지도 못하는 애들뿐이야!"

"그것도 재미라며? 네가 어제 에마한테 그랬잖아?"

하지만 매디는 농담할 기분이 아닌 듯했다.

"매디, 걱정하지 마. 크리스 오빠한테 넌 여전히 8위일 거야."

"이미 확인해 봤어. 나도 이제 크리스 오빠의 순위판에 없어."

매디는 사물함에 기대어 시무룩한 표정을 지었다.

"넌 모를 거야. 여름 방학 때 우리랑 같이 지내지 않았으니까. 조하고 에마는 알아. 몇 달을 기다린 끝에 드디어 크리스 오빠하고 이야기를 나누게 됐는데……. 이제 다 끝났다고!"

앨리가 매디의 어깨를 토닥거렸다.

“아직 안 끝났어. 생각해 봐. 클릭드 덕분에 크리스 오빠하고 이야기하게 됐잖아. 시작이 제일 어려운 거 아니야? 네 순위가 달라진 걸 누가 신경 써? 그냥 오빠한테 가서 먼저 말 걸어. 그런 거 있잖아. ‘저기, 오빠를 다시 한 번 보고 싶은데……. 내 순위판에서.’라고 하든지.”

매디가 웃음을 터뜨렸다.

“지금 장난해?”

앨리도 덩달아 웃었다.

“말하는 중간에 뜸 들이듯이 꼭 한 번 쉬어야 해. 그게 포인트야.”

매디는 아까보다 더 크게 웃었다.

“그게 무슨 소리야!”

“작업 거는 사람은 너야, 내가 아니고. 난 이제 가야겠다.”

앨리가 사물함을 잠그고 손을 흔들자 매디가 다급하게 불렀다.

“작업 방법을 알려 줘서 고마워. 근데 나한테 좋은 생각이 있어.”

“뭔데?”

“있잖아……, 나는 클릭드 개발자하고 현실 세계의 절친이잖아?”

앨리는 어리둥절한 표정으로 주변을 둘러보았다.

“그래서?”

“그러니까 다시 말하면 어떤 특권이 있는 거지.”

“특권?”

“응, 생각해 봤는데 말이야……. 네가 좀 손봐 주면 안 돼?”

“손을 봐 달라고?”

매디는 양손을 맞잡고 애원하는 눈빛으로 앨리를 바라보았다.

"절대로 안 돼."

"앨리이이이! 제에에에에발! 누구한테 해를 끼치는 것도 아니고, 아무도 모르게 하면 되잖아. 그냥 내 대답 몇 개만 크리스 오빠하고 똑같게 바꿔 줘! 바다를 숲으로, 파스타를 피자로 바꾸면 되잖아. 오빠하고 내가 공통점이 제일 많아질 수 있도록!"

"안 돼."

앨리는 매디가 어떻게 이런 부탁을 할 수 있는지 믿을 수가 없었다.

"좋아, 알았어. 그럼 크리스 오빠가 나한테 몇 위인지 정도는 말해 줄 수 있지? 만약에 11위면 내 대답을 두세 개만 바꿔 줘. 별거 아니잖아."

"그렇게 할 순 없어."

"만약 11위면 어떻게 해? 그러고 보니 왜 우리는 10위까지만 볼 수 있는 거야?"

"그래야 더 재미있을 거라고 생각했으니까."

"하나도 재미없어! 좋아, 그렇다면 다른 방법이 있어. 아무것도 바꾸지 마. 그냥 크리스 오빠의 답변만 나한테 살짝 알려 줘. 그러면 내 프로필을 삭제하고 새로 가입해서 오빠하고 똑같이 대답할 테니까. 그럼, 넌 아무것도 바꾸지 않아도 되잖아."

앨리는 열과 행으로 정렬된 사용자 정보와 사적인 답변들이 저장된 데이터베이스를 떠올려 보았다.

"매디, 내 말 잘 들어. 첫째, 크리스 오빠는 네가 순위판에서 사라졌다가 다시 나타난 걸 단번에 알아차릴 거야. 아마 이상하게 생각하겠지. 그리고 둘째, 그건 부정행위야."

매디는 웃음을 터뜨리며 어깨를 으쓱했다.

"부정행위? 그게 뭐 어때서? 네가 기후 변화를 일으키는 앱을 만든 것도 아니잖아. 이건 그냥 친구 만들기 앱이야. 네가 방금 말했듯이 재미있으라고 하는 거고."

"맞아."

"그렇다면, 나는 크리스 오빠의 이름이 내 순위판에 올라오는 게 훨씬 더 재미있을 것 같아."

앨리는 한시라도 빨리 점심을 먹어 치운 뒤 컴퓨터실에 갈 계획이었다. 토요일 대회 준비 때문에 바쁘다고 둘러대면 아무도 이상하게 생각하지 않을 터였다. 반쪽짜리 진실이었지만 어차피 조 말고는 알아차릴 사람도 없었다.

식판을 들고 줄을 서 있으니 굳이 애쓰지 않아도 주위 아이들의 이야기가 들렸다. 모두들 클릭드 얘기로 한창 열을 올리고 있었다. 앨리는 남몰래 뿌듯한 미소를 지었다.

잠시 후, 앨리의 뒷주머니에서 휴대폰이 블룹, 하고 울렸다. 식판을 챙겨 친구들이 모여 있는 탁자로 걸어가자 알림음이 두 번씩 울렸다. 재빨리 주변을 살폈지만 선생님의 모습은 보이지 않았다.

앨리는 과감하게 휴대폰을 꺼내 들었다. 화면이 빨간빛으로 깜박이면서 블룹 소리가 세 번 울렸다. 어떤 친구일지 궁금해하며 고개를 들었는데, 교장 선생님이 앞을 떡 가로막고 서 있었다. 선생님이 들고 있는 주황색 바구니 안에서 블룹 소리가 세 번 울렸다. 곧이어 앨리의 휴대폰도 응답이라도 하듯이 블룹거리며 요란스레 울렸다.

"죄송해요, 제가……."

교장 선생님은 앨리의 말을 싹둑 잘랐다.

"죄송할 것 전혀 없다. 덕분에 오늘 수확이 아주 좋으니까. 점심시간 종이 울린 지 십 분 만에 벌써 일곱 대나 모았거든. 네 것도 넘겨라."

"안 돼요, 교장 선생님! 다신 안 꺼낼게요. 맹세해요."

교장 선생님은 손바닥을 내밀며 눈썹을 치켜세웠다. 앨리는 급식실을 휘둘러보았다. 아이들이 지켜보고 있었다.

"수업이 다 끝나면 돌려줄게."

앨리는 마지못해서 선생님의 손바닥 위에 휴대폰을 올려놓았다. 선생님이 바구니에 던져 넣은 앨리의 휴대폰이 안에서 블룹거리던 휴대폰과 맞닿았는지, '우후!' 하는 소리가 터져 나왔다.

"이게 무슨 소리지?"

선생님이 바구니 속을 들여다보았지만 앨리는 어깨를 으쓱하며 아무것도 모른다는 표정을 지어 보였다. 선생님은 한 마디 더 하려다가 앨리의 어깨 너머를 힐끗 보고는 바구니를 흔들며 가 버렸다.

"흠, 저기도 한 녀석 더 있군!"

점심시간이 끝날 때까지 바구니를 다 채울 계획인 것 같았다.

앨리는 멀어져 가는 교장 선생님의 뒷모습을 보며 눈을 질끈 감았다. 하지만 생각해 보니 그리 큰 문제는 아니었다. 휴대폰이 없어도 필요한 것은 컴퓨터실에 다 있었으니까.

앨리는 친구들에게로 가서 조와 에마 사이에 앉았다.

"방금 교장 선생님한테 휴대폰 뺏겼어."

위로의 말을 기대했지만, 친구들은 아무 말이 없었다. 조가 눈을 동그랗게 뜨고 입 모양으로 '최악의 상황'이라고 속삭였다. 탁자 맞은편에 앉은 매디가 팔짱을 낀 채 앨리를 빤히 쳐다보았다.

"매디, 나한테 진짜로 화난 거야? 순위판 조작해 달라는 부탁을 거절해서?"

매디는 고개를 푹 숙인 채 미동조차 없는 에마를 가리켰다. 앨리는 불길한 예감에 가슴이 철렁 내려앉았다.

"무슨 일인데?"

"와이엇이 사진을 안 지웠어. 심지어 다른 애들한테 엄청나게 보냈다고."

앨리는 조의 대답을 듣고는 망연자실해서 중얼거렸다.

"그럴 리가 없어……."

에마가 고개를 번쩍 들었다. 눈이 새빨갛게 부어 있었다.

"그럴 리가 없다고? 장난해? 그것밖에 할 말이 없어?"

에마는 휴대폰을 꺼내서 앨리 앞에 내던졌다.

어제 조가 보여 준 그 스크린샷이었다. 앨리가 시스템에서 삭제한 문자, 전날 하루 종일 앨리의 속을 꼬이게 했던 그 문자가 다시 수면 위로 떠올랐다.

"앨리는 어떻게든 해결하려고 했어. 앨리 잘못이 아니야, 내 잘못이지. 정말로 미안해. 문자를 캡처해서 저장하지 말았어야 했어. 네가 날 믿고 비밀을 알려 준 게 너무 기뻤던 것 같아. 이제까지 한 번도 그런 일이 없었으니까. 그러니까……."

조가 말꼬리를 흐렸다. 횡설수설하는 게 상황을 더 악화시킨다는 걸 뒤늦게 깨달은 듯했다.

앨리가 차분하게 설명했다.

"제발 조한테 화내지 마. 내 잘못이야. 그 사진은 어디로도 넘어가면 안 되는 거였어. 조가 나한테 말하자마자 시스템에서 그걸 지웠고, 왜 그런 일이 벌어진 건지 파악하려고 컴퓨터실에 남아서 계속 해결하려고 했어."

에마는 눈도 한번 깜박이지 않고 앨리를 바라보았다.

"난 사진 때문에 화가 난 게 아니……."

조가 참지 못하고 끼어들었다.

"정말? 다행이다! 아니, 물론 당황스러운 일이기는 하지만……."

에마가 탁자를 쾅 하고 내리쳤다.

"당연히 사진 때문에도 화가 나! 정말 창피하고 수치스러워. 그렇지만 진짜로 화가 나는 게 뭔지 알아?"

에마는 앨리와 조를 차례로 가리켰다.

"너희 둘은 어제부터 이 일을 알고 있었어. 그리고 축구 연습할 때 날 만났으면서도 둘 다 아무 일 없다는 듯이 행동했어. 다 알고 있었으면서 나한테 말해 주지 않았다는 게 정말로 화가 나!"

"우린 다른 사람이 알게 될지 몰랐어."

조가 도움을 요청하는 눈빛으로 앨리를 바라보았다. 앨리도 고개를 끄덕였다. 당장 어디로든 숨고 싶은 심정이었다.

"내가 알 수도 있을 거라고 생각하지 않았다는 거야?"

조는 눈을 질끈 감았다 떴다.

"네가 모르길 바랐어. 네 마음을 아프게 하고 싶지 않았으니까. 와이엇은 사진을 지우겠다고 했고, 나는 정말로 그걸로 다 끝인 줄 알았어. 와이엇이 다른 애들한테 그 사진을 보낼 줄은 미처 몰랐어."

에마는 숨을 깊이 들이마신 뒤 가슴 앞으로 팔짱을 꼈다.

"와이엇은 그게 엄청나게 웃기는 일이라고 생각한 거야. 그러니까 자기 친구들한테 돌렸겠지. 그 친구들은 또 자기 친구들한테 돌렸고, 그들 중에 앤드류가 있었고 말이야. 지금은 전교생이 다 알아. 내가 단 한 사람한테만 이야기한 비밀을."

"정말 미……."

에마가 손을 들어 조의 말을 막았다.

"알고 있어, 네가 미안해한다는 거. 그런데 내가 그 비밀 이야기를 어디에서 들었는지 알아? 체육관의 탈의실이었어. 마침 속옷만 입고 있었는데, 매건 블랙스톤이 자기 휴대폰을 내밀면서 이러더라. '웬일이니! 너무 귀엽다!' 탈의실에 있던 아이들이 다 웃었어. 모두가 다. 왜냐하면 벌써 다들 봤거든. 그걸 안 본 사람은 나 하나뿐이었어. 조, 네가 미안해하는 거 알고 있어. 그리고 앨리, 일부러 이런 일이 벌어지게 한 거 아니라는 것도 알아. 하지만 벌어졌잖아, 그것도 하필 나한테. 그러니까 지금은 너희의 사과를 받고 싶지 않아."

앨리는 가슴께를 세게 얻어맞은 듯한 기분이었다. 에마는 뺨을 타고 흘러내리는 눈물을 재빨리 닦고는 자리에서 일어났다.

"만약 누구라도, 그러니까 내 절친 중에 단 한 사람이라도 먼저 나한테 예고를 해 줬다면 좋았을 거야. 그랬다면 상황이 지금보다는 나았겠지. 아이들에게 그런 얘길 들었을 때 받아칠 말을 준비하든지, 아니면 잡아떼든지 하면서 대비할 수 있었을 테니까. 그런데 난 그저 바보같이 얼어붙는 것 말곤 아무것도 할 수가 없었어."

에마는 목이 메이는지 숨을 깊이 들이마셨다.

"심지어 그때 난 바지도 안 입고 있었다고!"

에마는 눈물을 닦으며 급식실 입구 쪽으로 휭하니 달려갔다. 앨리는 목구멍에 뭐가 걸린 것처럼 뜨끔하고 쓰라렸다.

세 사람은 한참 동안 말이 없었다.

먼저 입을 연 건 매디였다.

"너희, 에마한테 어떻게 그럴 수 있어?"

"일부러 그런 거 아니야."

"에마가 알게 될 줄 몰랐어."

앨리와 조가 기어 들어가는 목소리로 말했다.

"몰랐다는 말 좀 그만해. 그 말이 얼마나 지독하게 들리는지 알아?"

매디가 버럭하자 앨리가 변명하듯이 말했다.

"에마는 순위판 때문에 화가 많이 나 있었잖아. 괜히 화를 더 돋우기 싫었어."

매디가 탁자를 짚으며 일어섰다.

"혹시나 해서 미리 말해 두는데, 내가 너희 중 한 명한테 내 비밀을 말했는데, 너희가 그걸 다른 사람한테 말하는 상황이 온다면 말이야.

이유가 뭐가 됐든 그 사실을 제일 먼저 알게 되는 사람은 나였으면 좋겠어."

매디는 손도 대지 않은 점심을 쓰레기통에 휙 던져 버린 다음, 에마를 쫓아 허겁지겁 달려갔다.

위기의 순위판 파티

"에마하고 얘기 좀 해야겠어. 너도 갈래?"

조가 자리에서 일어섰다.

"난 컴퓨터실에 가 봐야 할 것 같아. 아이들이 클릭드를 하고 있어."

앨리는 맞은편에 앉아 탁자 아래에서 몰래 휴대폰을 맞대고 있는 여학생 둘을 가리켰다. 조는 앨리에게 얼른 가 보라고 손짓한 뒤 서둘러 에마와 매디가 간 쪽으로 가 버렸다.

앨리도 자리에서 일어났다. 컴퓨터실로 가는 동안 앨리에게 손을 흔드는 아이도 있었고, 큰 소리로 말을 거는 아이도 있었다. 갑자기 자신을 알아주는 사람이 부쩍 많아진 것 같았다. 에마 일 때문에 기분이 그토록 처참하지만 않았어도 조금은 우쭐했을 터였다.

컴퓨터실 문을 열자 한쪽 구석에 있는 네이선이 가장 먼저 눈에 들어왔다.

'하, 또야!'

앨리는 속으로 끄응 하고 앓는 소리를 냈다. 아무도 없기를 그토록 바랐건만……. 컴퓨터 앞에 앉아 막 비밀번호를 입력하려는데 네이선이 불쑥 고개를 들고 알은 체했다.

"앨리 나바로, 넌 지금 머서 중학교 제일의 유명 인사야."

네이선은 마이크를 든 양 흉내를 냈다.

"이 뜨거운 관심을 어떻게 생각해?"

앨리는 고함치고 싶은 걸 꾹 참기 위해 안간힘을 썼다. 차마 네이선의 얼굴을 똑바로 쳐다볼 수가 없었다. 24시간 전만 해도, 네이선에게 자신의 앱이 대유행이라고 자랑했다. 사용자가 얼마나 많은지, 앱이 얼마나 매끄럽게 돌아가는지 이야기하며 큰소리쳤다. 그런데 지금, 앨리의 절친 중 두 사람이 그 앱 때문에 몹시 화가 나 있었다. 그야말로 최악의 상황이었다.

"사랑스러운 팬들한테 할 말 없어?"

네이선이 가상의 마이크를 앨리 앞에 불쑥 내밀었다.

앨리는 네이선의 손을 거칠게 쳐냈다.

"야, 너 괜찮아?"

네이선이 진심으로 걱정했지만 앨리는 고개만 저을 뿐이었다. 무슨 일이 있었는지 말하고 싶지 않았다. 다른 사람도 아닌 네이선에게는 더더욱. 게다가 지금 잡담이나 하고 있을 시간이 없었다. 할 일이 너무나 많았다.

"그냥 친한 친구한테 뭘 좀 잘못했어. 그래서 그래. 그런데 넌 여기에서 뭐 해?"

"점심시간을 틈타 데이트 중이었지. 그새 아그네스하고 진도가 꽤 나갔거든."

"뭐, 딱히 놀랍지도 않네."

앨리는 목덜미가 뻣뻣해서 어깻죽지를 꾹꾹 누르며 물었다.

"코리하고 마크는 어쩌고?"

"요즘은 같이 안 다녀."

"진짜?"

"응, 그게 그렇게 놀랄 일이야?"

앨리는 희미하게 웃었다.

"초등학교 때는 너희 셋이 형제 같았잖아. 1학년 등교 첫날 기억 안 나? 너희 셋, 서로 다른 반이 되었다고 펑펑 울었잖아."

"첫째, 그건 초등학교 3학년 때의 일이야. 둘째, 코리하고 마크는 같은 반이 됐고 나만 다른 반이 된 거였어. 그리고 운 건 그때 딱 한 번뿐이야. 그런 얘기 일부러 꺼내 줘서 고마워. 참 좋은 시절이었지."

네이선도 보란 듯이 미소를 지어 보였다.

앨리는 화면으로 고개를 돌려 사진 데이터를 점검했다. 초점이 맞지 않는 누군가의 강아지 사진을 삭제하며 다시 물었다.

"그래서 너희한테 무슨 일이 있었던 건데?"

네이선 역시 화면에서 눈을 떼지 않고 대답했다.

"나도 잘 모르겠어. 코리하고 마크가 점심시간에 농구를 하기 시작했고, 처음 보는 아이들하고 어울렸지. 난 그런 쪽엔 영 소질이 없는 것 같아."

"농구 말하는 거야?"

"아니, 처음 보는 아이들하고 친구 되는 거."

앨리는 가슴이 답답해졌다. 사진 목록을 샅샅이 살폈지만 올라오는 사진은 많지 않았다. 교장 선생님이 주황색 바구니를 들고 다닌다는 소식이 퍼진 것이 틀림없었다.

"진짜로 별일 없었어. 그냥 서로 좀 뻘쭘해졌을 뿐이야. 게다가 나는 점심시간에는 이 게임에 매달렸으니까, 그렇게 신경 쓰이지도 않았어."

"잠깐만."

앨리는 네이선의 화면 속에서 돌아다니는 작은 애니메이션 캐릭터들을 가리켰다.

"그러면 넌 1학년 때부터 점심시간마다 여기에 왔다는 거야? 슬레이드 선생님하고 같이 앱을 개발하면서?"

네이선이 웃음을 터뜨렸다.

"글쎄, 네가 그렇게 말하니까 내가 꼭 루저가 된 것 같잖아."

"아니, 꼭 그렇다는 건 아니고……."

"괜찮아, 상관없어. 난 내 앱이 좋아. 앱 속의 이 조그마한 캐릭터들은 합리적이잖아. 진짜 사람들은 늘 그렇지만은 않은데, 안 그래?"

"그래, 무슨 말인지 알아. 근데 내 앱의 목적이 뭔지 알아? 새로운 친구를 쉽게 사귈 수 있게 도와주는 거야."

앨리가 네이선의 휴대폰을 가리켰다.

“장담컨대 너의 새로운 절친은 지금 네 순위판에 있어. 어제 앱 설치하고 몇 명하고 친구가 됐어?”

“여전히 한 명뿐이야.”

“진짜?”

네이선이 보여 준 화면은 전날 본 그대로였다. 맨 위에 앨리의 이름이 있고, 나머지 아홉 자리는 여전히 물음표였다.

“왜 친구 찾기를 안 했어?”

네이선은 어깨를 으쓱하고는 휴대폰을 내려놓았다. 그러고는 뭔가 말하려고 입을 달싹이는데, 갑자기 컴퓨터실 문이 벌컥 열렸다.

“여기 있었구나!”

매디가 컴퓨터실 안으로 쑥 들어왔다. 표정만 봐서는 화가 풀렸는지 아닌지 분간하기 어려웠다.

“여긴 웬일이야?”

“네가 꼭 봐야 할 것 같아서. 클릭드에 새로 들어온 애들이 많거든.”

매디가 자신의 친구 목록에 있는 프로필 중 하나를 클릭해 앨리에게 보여 주었다.

“누군지 알아?”

“어디서 본 것 같기는 한데…….”

매디가 휴대폰을 아예 앨리에게 넘겨주었다. 앨리는 사진을 더 자세히 들여다봤다.

“말도 안 돼!”

“그래, 아리아나 그란데야. 다른 연예인들도 많아. 잘만 하면 저스틴

비버, 비욘세, 마일리 사이러스, 레이디 가가도 네 순위판에 이름을 올릴 수 있어."

하지만 지금 사칭 계정 따위는 어찌 되든 상관없었다. 앨리는 그저 매디의 표정만 살피고 있었다. 에마 일 때문에 아직도 화가 나 있을까? 긴가민가했다.

그때 매디가 씩 웃었다.

"어쨌든 너도 바로 알고 싶어 할 것 같아서……. 네 뒤를 밟아서 여기까지 찾아온 거야."

이것이 매디가 어색한 분위기를 깨는 방식이었다. 매디는 싸우는 걸 싫어했다. 누구한테든 오랫동안 화를 내지 못했다.

"고마워."

앨리는 네이선을 힐끗 쳐다봤다. 어느새 헤드폰을 도로 쓰고 화면에 집중한 기색이었다. 다시 매디 쪽으로 돌아앉으며 속삭이듯 물었다.

"저기, 에마는?"

"수치스러워하고 있어. 화가 무지 났고. 하지만 에마, 몰라? 오래 화내진 않을 거야."

앨리는 아랫입술을 깨물었다.

"너는?"

"다 말했잖아. 우린 괜찮아."

앨리는 고맙다는 표시로 웃어 보인 다음, 매디의 휴대폰 화면을 다시 들여다보았다.

"사칭 계정은 언제 찾았어?"

"한 오 분 전에? 조가 에마하고 얘기하고 있기에 방해하고 싶지 않아서 화장실로 피했다가 우연히 보게 된 거야. 적어도 스무 개는 넘는 것 같아."

앨리는 손으로 얼굴을 감싸 쥐었다. 그런 일을 바로잡느라 시간을 허비할 수가 없었다. 원래는 사용자 데이터베이스를 구축하고, 클릭드가 세상에 이로운 게임이라는 걸 증명할 수 있는 성공담을 수집했어야 할 시간이었다. 오류를 수정하고, 의심스러운 사진을 삭제하고, 가짜 계정까지 처리하고 있을 때가 아니었다.

앨리는 문 위에 걸린 시계를 힐끗 쳐다보았다. 곧 점심시간이 끝날 시각이었다.

"하나하나 찾아서 삭제해야겠어."

앨리는 빠르게 자판을 치기 시작했다. 매디가 등 뒤에서 화면에 뜬 사용자 정보를 넋놓고 바라보았다.

"세상에! 너, 전교생의 약점을 다 쥐고 있구나."

앨리는 데이터 열의 맨 위를 클릭한 다음에 이름을 기준으로 사용자를 정렬했다. 그러고는 유명 인사의 이름이 눈에 띄면 바로 삭제했다. 겨우 계정 두 개를 삭제했을 때 수업 시작종이 쳤다.

네이선이 말했다.

"슬레이드 선생님이 곧 우리를 내쫓으실 거야. 경험에서 우러나온 얘기니까 믿는 게 좋을걸. 그리고 누구한테 나쁜 짓을 하는 것도 아닌데, 뭘. 걱정하지 마."

"이대로 내버려 둘 순 없어. 토요일에 심사위원들이 보게 될 텐데 뭐라고 생각하겠어?"

"사용자 중에 중학생이 많다고 생각하겠지. 진심으로 하는 말인데, 별로 큰 문제 아니니까 그냥 신경 꺼."

테일러 스위프트의 계정을 빤히 쳐다보던 앨리는 네이선의 말이 맞을지도 모르겠다는 생각이 들었다. 이것 말고도 당장 해결해야 할 문제가 산더미였다. 그래도 일단 테일러 스위프트 계정은 지웠다.

앨리는 매디를 한번 쳐다보았다.

"너, 크리스 오빠한테 12위야. 크리스 오빠는 너한테 15위고."

매디의 표정이 서서히 밝아졌다.

"진짜?"

앨리가 고개를 끄덕이자 매디는 눈을 살짝 흘겼다.

"내가 오늘 여기에 온 건 그것 때문이 아니야. 알지?"

매디가 뒤에서 앨리를 끌어안으며 고맙다고 말했다. 앨리는 네이선을 힐끗 쳐다보았다. 네이선은 뭐가 뭔지 모르겠다는 표정으로 컴퓨터를 끄고는 책가방을 집어 들었다.

교장실 입구에는 이미 휴대폰을 받으려는 학생들이 길게 줄을 서 있었다. 앨리는 속으로 고민했다. 방과 후에 축구 연습이 없으니 슬레이드 선생님의 허락만 받으면 늦게까지 컴퓨터실에 있을 수 있었다.

하지만 만약에 축구 연습이 있었다면 에마와 이야기를 해 볼 수 있을 터였다. 앨리는 어쩌면 두 가지를 다 할 수 있을지도 모른다는 생각이 들었다. 에마가 컴퓨터실로 와 준다면, 클릭드의 데이터베이스와 코드를 모두 보여 주면서 어떻게 오류를 고칠 계획인지 설명할 수 있을 테니까. 그리고 에마에게 다시금 사과를 할 수도 있을 듯했다.

앨리는 한시라도 빨리 휴대폰을 돌려받고 싶었다. 마침내 교장 선생님이 주황색 바구니를 들고 개선장군 같은 기세로 걸어 나왔다.

“1교시 시작하기 전하고 학교가 끝난 다음에 휴대폰 쓰는 건 뭐라고 안 한다. 그렇지만 그사이에 눈에 띄는 휴대폰은 모두 내 거다. 명심하도록!”

앨리는 바구니 속에서 휴대폰을 가까스로 찾아 들고 교장실을 빠져나왔다. 전원을 켜자마자 문자 메시지가 들어왔다. 클릭드 사용자에게 보낸 단체 문자였다.

순위판 파티 열림! 지금 당장 운동장으로!

“순위판 파티?”

아무래도 클릭드 사용자들을 한자리에 모으려는 계획 같았다. 그렇게 되면 사진 힌트가 우후죽순으로 생성될 터였다. 다시 말해, 지금 앨리는 최대한 빨리 아이라 앞으로 가야만 했다. 그래도 에마에게 연락하는 것이 먼저였다.

앨리

에마, 혹시 지금 컴퓨터실로 와 줄 수 있어?

에마

아니, 이때 기타 수업 있어.

에마는 아직 화가 풀리지 않은 것 같았다. 앨리는 걸음을 옮기면서 조에게 문자를 보냈다.

앨리

에마가 아직도 나한테 화가 안 풀렸어. 넌 에마랑 얘기 잘 했어?

조

응, 다 풀린 건 아니지만 일단 사과는 받아 줬어.

너무 걱정하지 마. 마음 풀 거야.
그렇지만 너도 사과는 꼭 다시 해야 해.

앨리

나도 그러고 싶어!
그런데 에마가 아직 나랑은 얘기하고 싶지 않은가 봐.

조

오류 수정은 아직이야?

앨리는 점심시간 동안 초점이 흐릿한 사진 넉 장과 애매한 사진 두 장, 문자 메시지 두 개를 지웠다고 얘기할까 하다가 그만두었다.

앨리

거의 다 됐어. 하는 중이야.

조

내 생각에는 코드 수정이 끝나야 사과를 받을 것 같아.

"그것참, 기쁜 소식이네."

앨리는 혼잣말을 중얼거리며 컴퓨터실 문을 활짝 열고 안으로 들어갔다. 예상과 달리, 슬레이드 선생님은 자리에 없었다. 네이선만 평소대로 아그네스 앞에 앉아 있었다. 앨리가 옆자리에 앉아 아이라에 비밀번호를 입력하는데도 고개를 들지 않았다.

앨리는 곧바로 사진 목록 메뉴로 들어갔다. 순위판 파티가 끝날 때까지는 사진에 온 에너지를 집중하고, 그다음에 코드를 수정할 생각이었다.

그러나 목록을 열기가 무섭게 계획은 무산되고 말았다. 스크린샷이 두 장이나 올라와 있었다. 별거 없는 문자 메시지 캡처였지만, 사진이 첨부되어 있었다. 에릭 발렌트가 사각팬티 차림으로 욕실에 서 있는 사진이었다.

"맙소사!"

앨리는 자기도 모르게 소리를 지르고는 네이선을 돌아보았다. 아차 싶었다. 다행히 헤드폰에서 나오는 음악 소리가 커서 앨리의 비명을 못 들은 모양이었다.

재빨리 스크린샷 두 장을 모두 삭제했다. 곧바로 에릭의 사진을 클릭하려고 했지만, 아이들이 한자리에 모여 있는지라 사진 목록이 평소와 비교할 수도 없이 너무 빨리 올라가고 있었다. 십 초 단위로 새로운 사진이 올라오고, 또 공유되었다.

겨우 에릭의 사진을 선택하고 삭제 버튼을 누르려고 했지만, 실수로 그 아래 사진을 삭제하고 말았다. 앨리는 심장이 철렁했다. 조마조마해하며 전송된 힌트 사진 목록을 확인했다. 목록 맨 위에 에릭의 사진이 있었다.

"안 돼……."

이제 할 수 있는 일은 하나뿐이었다. 재빨리 데이터베이스로 돌아가 에릭과 관련된 데이터를 모조리 검색했다. 그러자 에릭의 순위판 현황이 보였다. 에릭은 아직 7위가 될 아이와 친구를 맺지 못했지만, 두 사람은 서로를 찾아 부지런히 움직이고 있었다. 몇 번의 클릭으로 에릭의 7위가 아비가일 브렌튼이라는 걸 알아냈다.

앨리는 사진 목록을 꼼꼼히 살폈다. 조금 전보다 더 빠른 속도로 클릭픽이 올라오고, 사진 힌트가 공유되고 있었다. 속도를 보면 운동장에 못해도 60명은 모여 있는 것 같았다. 메인 화면으로 돌아와 에릭과 아비가일 관련 데이터를 모두 선택해 삭제해 버렸다.

신나게 뛰어다니다가 갑자기 까맣게 변한 화면에 어리둥절해 있을 두 사람이 눈앞에 보이는 것 같았다. 두 사람이 홈 화면으로 돌아가 클릭드를 다시 실행하면 재가입하라는 메시지가 뜰 것이다.

당장 밖으로 나가서 두 사람을 찾아야만 했다. 에릭에게는 사정을 설명하고, 아비가일에게는 스크린샷을 받았는지, 받았다면 혹시 다른 사람에게 전송했는지 확인해야 했다. 그렇지만 자리를 비울 수 없었다. 사진들이 빠르게 밀려들어 오고, 또 그만큼 빠르게 사라지고 있었다.

앨리는 사진 목록과 네이선을 번갈아 보았다. 선택의 여지가 없었다. 앨리가 어깨를 톡톡 치자, 네이선이 헤드폰을 내려 목에 둘렀다.

"부탁 하나만 해도 될까?"

"나, 지금 뭐 하는 중인데."

그러나 앨리의 표정이 심상치 않다는 것을 눈치챘는지, 네이선은 굳은 척하던 표정을 풀며 음악 소리를 줄였다.

"아직도 그 가짜 계정들이 걱정이야?"

"제발 그랬으면 좋겠다. 이 일에 비하면 그런 건 아무것도 아니니까."

앨리는 최대한 빠르게 사진과 관련해 무슨 문제가 생겼는지, 지금 어떻게 사진 목록을 감시하고 있는지 설명했다. 놀라든지 아니면 우쭐거리든지 둘 중의 하나일 거라는 앨리의 예상을 깨고, 네이선은 덤덤하게 말했다.

"그래서 이틀 내내 컴퓨터실에 온 거구나?"

앨리는 고개를 끄덕였다.

"지금부터 십오 분만 화면 좀 지켜봐 줄래? 보다가 미심쩍은 사진이 올라오면 무조건 삭제해 줘. 초점이 안 맞거나 표정이 어색하거나, 개인적인 사진 같으면 다 삭제하면 돼. 문자나 대화창 스크린샷도 다."

"알았어."

네이선은 앨리의 자리로 의자를 당겨와 앉은 뒤 한 손은 마우스에, 다른 한 손은 딜리트 키에 올렸다.

건물 밖으로 나오자 후덥지근한 바람이 훅 끼쳐 왔다. 운동장에 도착한 앨리는 눈앞에 펼쳐진 광경을 보고는 우뚝 멈춰 섰다.

운동장에 모인 아이들의 수는 60명을 훌쩍 넘을 것 같았다. 아이들은 운동장을 누비며 클릭드 친구를 찾아 셀카를 찍고 서로의 휴대폰을 나란히 맞대었다. 한쪽에 모여 함께 사진을 보는 아이들도 있었다.

누군가 새로 도착할 때마다 블룹 소리가 울려 퍼졌다. 앨리의 휴대폰도 위치 탐색을 게시하고 블룹거리기 시작했다. 앨리는 못 들은 척했다. 클릭드를 하며 놀고 있을 시간이 없었다. 훨씬 중요한 일을 해야 했다.

앨리가 계단을 다 내려왔을 때, 브라이언 니에토가 알은 체했다.

"앨리!"

브라이언은 앨리와 유치원을 같이 다녔고, 초등학교에서도 친했지만 중학교에 입학한 뒤로 서먹해졌다. 브라이언이 뭔가 말하려는 순간, 다른 여학생 한 명이 앞을 막아서며 앨리의 팔짱을 꼈다.

"안녕? 난 제스라고 해. 이 파티는 내 아이디어인데, 어때?"

앨리는 이를 꽉 물고 애써 미소 지었다.

"정말 근사하네."

"전교생이 클릭드 친구가 될 때까지 매일 파티를 하기로 했어! 네가 와서 너무 좋다. 조는 네가 못 올 거랬거든."

제스가 잔디밭 너머에 있는 아이들 무리를 가리켰다. 조는 그곳에서 탁자 위에 앉아 에이제이와 이야기하는 중이었다. 언제부터 저기에 있었던 걸까?

"같이 사진 찍을래?"

앨리는 제스의 목소리에 정신이 번뜩 들었다. 뭐라고 대답할 새도 없이 제스가 휴대폰을 높이 들고 앨리의 어깨에 뺨을 기대어 포즈를 취했다. 사진을 찍은 뒤에는 고맙다는 인사만 남긴 채 바쁘게 어디론가 달려갔다.

잠시 후 아이들이 앨리 주위로 몰려들었다. 잘 모르는 아이들이 대부분이었다. 수업을 같이 들었는지 낯익은 얼굴도 몇 있었지만 그런 건 중요하지 않았다. 아이들은 앞다투어 자기 이야기를 쏟아 내기 시작했다.

블레이크와 잭슨은 유치원 때까지 단짝 친구였는데, 한동안 멀어졌다가 클릭드 덕분에 다시 가까워졌다고 했다. 키이라와 신은 이제까지 만난 적도 없는데, 클릭드 순위판에서 서로의 1위가 된 뒤로는 일주일 내내 붙어 다니는 중이라고 했다. 신입생인 벤과 브로디는 월요일만 해도 아는 사람이 한 명도 없었지만, 앱을 내려받은 뒤 서로 친구가 되었다나. 다른 친구들도 많이 사귀었단다.

앨리는 아이들의 이야기에 귀를 기울였다. 발표에 쓸 수 있도록 사진을 찍어도 되냐는 부탁에 아이들은 단번에 포즈를 취해 주었다. 앨리는 쏟아지는 관심에 우쭐해졌다. 아이돌 스타나 슈퍼 히어로가 된 것만 같았다.

문득 컴퓨터실에 앉아 있을 네이선이 떠올랐다. 네이선이야말로 슈퍼 히어로가 할 법한 일을 하고 있었다. 아무것도 모르는 아이들이 상처받지 않도록 눈이 벌게진 채 목록을 살피고 사진을 삭제하고 있을 것이다. 빨리 컴퓨터실로 돌아가야 했다. 그러려면 먼저 에릭과 아비가일을 찾아야만 했다.

아비가일은 친구들과 모여 있었고, 에릭은 농구 골대 아래에서 휴대폰을 들여다보고 있었다. 앨리는 두 사람을 불러 상황을 설명했다. 다행히 둘 다 웃기는 에피소드라고 생각하는 듯했다.

앨리는 신나는 음악과 아이들의 고함이 울려 퍼지는 운동장을 뒤로하고 돌아섰다. 컴퓨터실로 가는 도중에 급식실 옆을 지나는데, 카일라와 홀리, 클라우디아가 보였다. 어쩐지 분위기가 심상치 않았다.

"이게 뭔 줄 아니? 지난 주말에 너희 둘이 해변에서 찍은 사진이야!"

카일라가 휴대폰을 내밀며 소리를 질렀다. 화면이 잘 보이진 않았지만, 붉은빛으로 깜박이고 있는 것만은 앨리에게도 분명히 보였다. 앨리는 기둥에 몸을 숨기고 세 사람의 이야기에 귀를 기울였다. 클라우디아와 홀리는 연신 미안하다며 사과를 했다.

"나 빼고 간 건 좋아. 그런데 어떻게 거짓말을 할 수가 있어?"

카일라가 홀리에게 따져 물었다.

"엄마가 편찮으시다고 했잖아. 그래서 함께 놀 수가 없다며? 그러니까 나한테 거짓말을 한 거잖아?"

"미안해. 우린 그냥 해변 놀이공원에 가 보고 싶었던 것뿐이야."

클라우디아가 오해라는 듯이 말하자 홀리도 거들었다.

"맞아. 그런데 놀이 기구는 보통 두 사람씩 타야 하잖아. 셋이 가면 계속 자리도 바꿔야 하고……."

"그래, 됐어. 알아들었어. 거짓말보다는 훨씬 낫네."

카일라는 비웃는 표정으로 한껏 비아냥대고는 자리를 떠나 버렸다.

앨리는 문제의 그 사진을 보지 못했지만, 이제는 확실히 알 수 있었다. 친구 몰래 놀이공원에 다녀온 사진을 인스타그램에 올리진 않았을 것이다. 저 사진 힌트는 휴대폰 앨범에서 추출된 것이 분명했다. 그리고 앨리가 봤다 하더라도 삭제해야겠다는 생각은 절대로 하지 못했을 것이다.

페인트값 계산하기

앨리가 컴퓨터실로 들어가자 네이선이 옆으로 미끄러지듯이 움직이며 자리를 비켜 주었다.

"미심쩍은 사진 있었어?"

"다들 사진을 이상하게 찍던데? 어쨌든 별문제 없어 보였어."

앨리는 이제껏 눈치채지 못하고 놓친 사진이 몇 장이나 될지 가늠조차 할 수가 없었다. 상황을 바로잡아야 했다. 그렇지만 어떻게?

게다가 네이선이 클릭드에 문제가 생겼다는 걸 알게 되었다. 지금은 잠자코 있지만 앞으로도 그러리라는 법은 없었다. 심사위원들에게 알린 뒤 대회에서 우승을 거머쥘지도 몰랐다.

"오류 수정은 거의 다 됐지?"

한참 만에 네이선이 먼저 입을 열었다.

"모르겠어. 어젯밤에 문제점을 찾았거든. 몇 시간이나 매달려서 코드를 수정하고 테스트해 봤는데 해결이 안 돼. 사진 문제를 해결하면 다른 데서 문제가 또 생겨. 코드가 다 연동되어 있어서 그런가 봐. 사진하고 관련된 코드를 다시 짜면 될 것 같은데, 그러면 토요일까지 완성을 못 해."

컴퓨터실에는 정적이 흘렀다. 한바탕 설교를 늘어놓을 줄 알았던 네이선이 차분하게 앨리의 눈을 바라보았다.

"철물점이 페인트값을 안 받아."

"뭐?"

네이선이 아그네스의 모니터 화면을 앨리 쪽으로 틀었다. 작은 캐릭터들이 마을 곳곳을 분주하게 돌아다니고 있었다. 사다리를 들고 이 집에서 저 집으로 움직이고, 거리를 위아래로 쏘다니다가 마지막에 철물점으로 뛰어들었다.

"이제까지는 아무 문제 없었거든. 그런데 지난주에 몇 군데 손본 뒤로 이상해졌어. 별것도 아니었어. 코드를 정리한 정도지."

네이선은 마우스를 클릭해서 철물점을 줌 인했다. 건축 재료가 잔뜩 쌓인 실내가 보였다. 네이선이 설계한 세계가 얼마나 정교한지 새삼 감탄이 나왔다.

이윽고 금발에 빨간색 티셔츠를 입은 여자 캐릭터가 못이 담긴 자루를 들고 계산대로 다가갔다. 계산대 앞에 서 있던 남자 캐릭터가 구매한 물품 가격을 계산하자, 화면 한쪽에 여자 캐릭터의 정보가 떴다. 네이선이 계산대를 클릭하자 여자 캐릭터의 잔액 현황에서 55포인트가 차감되었다.

"못하고 나사, 그리고 장비 가격을 차감한 거야. 그런데 페인트를 사면 차감이 안 돼. 페인트가 제일 비싼 아이템인데……."

"그걸 누가 알아차린다고 그래?"

"심사위원들이 눈치채겠지. 내 에러 로그(프로그램에 발생한 오류의 기록)를 점검할 테니까."

"너, 에러 로그 따로 관리해?"

"당연하지. 넌 안 해?"

앨리는 고개를 끄덕였다.

에러 로그가 있었다면 앨리는 조보다 먼저 사진 추출 코드에 문제가 생겼다는 걸 알아채고, 에러가 발생한 경로를 추적할 수 있었을 것이다. 그런데 지금은 해결의 실마리조차 잡지 못해 막막하기만 했다.

그때 파란색 모자를 쓴 캐릭터가 철물점 안으로 들어와 벽에서 망치를 집어 계산대로 왔다.

"어제부터 이거 수정하고 있었구나?"

"지난 주말부터 거의 모든 시간을 다 바치고 있지."

앨리는 그 마음을 알 것 같아 피식 웃었다.

"슬레이드 선생님은 뭐라셔?"

"아직 말씀 안 드렸어. 그냥 혼자 해결하고 싶어서."

"실은 나도 같은 처지야."

앨리는 자신의 모니터 화면으로 눈을 돌렸다. 코드가 끝없이 이어져 있었다. 다시 작업을 시작해야 했지만 엄청난 양의 명령어를 한 줄 한 줄 살펴봐야 한다고 생각하니 머리가 지끈거렸다. 해결책은 분명히 있을 것이다. 아니, 근본적으로 해결하진 못해도 임시방편으로라도 뭔가 방법이 있지 않을까?

문득 지난해에 만든 게임이 떠올랐다. 강아지 산책 회사를 운영하는 게임이었는데, 강아지의 안전을 보장하는 동시에 이익을 극대화하는 산책 요금을 정하는 과정이 있었다. 그래픽의 정교함이야 비할 바가 못 되지만, 코딩의 기본 원리는 비슷할 터였다.

앨리는 네이선의 모니터 가까이로 다가갔다. 귀여운 초록색 모자를 쓴 캐릭터가 페인트 통을 빙빙 돌리며 가게를 걸어 나갔지만, 포인트는 조금도 차감되지 않았다. 순간, 앨리는 네이선이 자신의 모니터 화면을 뚫어지게 보고 있다는 것을 알아차렸다.

앨리가 조심스럽게 입을 열었다.

"나한테 좀 어처구니없는 아이디어가 있는데……."

"내 아이디어만큼 어처구니없을 것 같진 않은데?"

두 사람은 서로를 빤히 쳐다보았다.

"내가 작년에 '강아지 산책'이라는 게임을 하나 만들었거든."

"난 지난여름 내내 빌트의 연동 코드 문제를 해결했고."

"그래서 말인데, 물론 네가 알아서 해결할 수 있겠지만……."

네이선이 불쑥 끼어들었다.

"내 말이 그 말이야. 결국 네가 다 해결하겠지만……."

"물론이지. 그런데 지금은 코드를 들여다보는 게 좀 지긋지긋해."

"나도 마찬가지야. 그리고 슬레이드 선생님이 늘 말씀하셨잖아. 서로의 코드를 체크해 주라고. 그러면 새로운 시선으로 문제를 바라볼 수 있다고."

"그러셨지."

두 사람은 잠시 동안 말이 없다가 조용히 일어나서 자리를 바꿔 앉았다.

"네가 내 앱을 일부러 망치지 않을 거라는 걸 어떻게 믿지?"

네이선이 묻자 앨리가 콧방귀를 뀌었다.

"내가 토요일 대회에서 바라는 건 딱 하나야. 정정당당하게 너를 밟아 주는 거."

앨리는 네이선의 헤드폰을 뽑아서 건네준 뒤, 책가방에서 자신의 헤드폰을 꺼냈다. 잊지 않고 챙겨 와서 정말 다행이었다.

앨리와 네이선이 각자의 일에 몰두하는 사이, 어느덧 시계가 일곱 시를 가리켰다. 결국 슬레이드 선생님이 나섰다.

"좋아, 이제 컴퓨터 전원을 끌 시각이야!"

두 사람은 컴퓨터를 끈 뒤 선생님과 함께 학교 정문으로 향했다.

네이선이 목소리를 낮춰 말했다.

"이따 연락해."

"저녁 먹고 숙제 끝낸 뒤에 바로 살펴볼게."

네이선이 주먹을 내밀자 앨리가 주먹을 쿵 맞부딪쳤다.

앨리가 엄마 차에 올라타서 안전벨트를 매는데, 뒤에서 보가 얼굴을 내밀어 뺨을 핥았다. 앨리는 보의 이마에 뽀뽀하고 두 귀를 쓰다듬었다.

"보! 오늘 하루 잘 지냈어? 대회만 끝나면 우리 원래대로 돌아가는 거다? 약속할게. 산책도 자주 하고 텔레비전 앞에서 마음껏 뒹굴기도 하고. 그리고 간식도 엄청 많이 먹는 거야!"

잠자코 있던 엄마가 빙그레 웃었다.

"오늘 하루는 어땠니?"

앨리는 점심시간에 보았던 에마의 얼굴이 떠올랐다. 퉁퉁 부은 얼굴과 충혈된 눈. 가슴께를 세게 얻어맞은 듯한 기분도……. 하지만 솔직하게 말할 수가 없어서 괜찮았다고 둘러댄 뒤, 재빨리 다른 이야기를 꺼내 엄마의 관심을 돌렸다.

앨리는 저녁밥을 먹은 후 부리나케 방으로 올라갔다. 먼저 각 과목의 숙제부터 후딱 해치웠다. 숙제하는 짬짬이 클릭드의 사진 목록을 확인해 봤지만 별문제는 없어 보였다. 그러나 문득문득 에마의 얼굴이 떠올라 속이 쓰라렸다.

두 시간이 지난 뒤에야 빌트의 코드를 살펴볼 수 있었다. 코드 창에서 스크롤을 내려 철물점 운영 코드로 간 다음, 명령어를 검토하기 시작했다. 코드는 아무 문제가 없어 보였다. 페인트의 코드 역시 다른 아이템 코드와 정확히 일치했다. 그 후로 두 시간 동안, 마치 양파 껍질을 벗기듯이 코드를 한 줄 한 줄 떼어 내 점검했다.

눈꺼풀이 무거웠지만 그만둘 수가 없었다. 잠깐 머리도 식힐 겸 휴대폰을 집어 들어 코트니에게 문자를 보냈다.

앨리

굿 데이 배드 데이?

코트니

아직 안 잤구나?

앨리

아주 파란만장한 하루였어.

코트니

그럼, 너 먼저.^^

앨리는 하루 동안 일어난 일을 생각해 보았다. 너무 많은 일이 있었던 날이어서 좋은 일이나 나쁜 일을 딱 세 가지만 고르기가 쉽지 않았다.

앨리

사용자 829명 됐음. 대회에서 발표할 성공담 수집함.
내 최대의 적과 사실상 협력 작업 중.

코트니

새 친구하고 점심 먹음. 달리기 개인 기록 경신.
게임 5시간 이상 함.

앨리

에마가 나한테 화냈음. (나는 욕 먹어도 쌈)
매디가 순위판 조작해 달라고 함.

앨리는 세 번째로 뭘 말할지 생각해 보았다. 클릭드하고 관련된 일은 모두 이야기하고 싶었지만, 어디서부터 말을 꺼내야 할지 막막했다. 시간도 너무 늦었고.

앨리

클릭드에 오류 생김. (그렇지만 고치는 중!)

코트니

잔디 구장에서 축구하고 싶음. 기숙사 방이 보고 싶음.
그래도 네가 젤 보고 싶음. 잘 자. ♥

앨리

너도 잘 자. ♥

앨리는 다시 컴퓨터 화면으로 돌아왔다. 끝없이 펼쳐진 코드가 부옇게 번져 보았다. 고개를 돌려 발치에 웅크리고 있는 보를 물끄러미 내려다보았다.

"간식 먹을래?"

보가 몸을 벌떡 일으키며 꼬리를 마구 흔들었다.

"가자. 나도 핫초콜릿 좀 마셔야겠어."

집 안은 고요했다. 앨리는 까치발로 계단을 살금살금 내려가 주방으로 들어갔다. 보에게 강아지용 간식을 챙겨 주고 핫초콜릿을 만들어 방으로 돌아왔다.

앨리는 책상 앞에 앉아 핫초콜릿을 홀짝이면서 네이선의 코드를 처음부터 살피기 시작했다. 그 뒤로 몇 시간이나 오류를 수정하고 테스트를 거쳤지만 결과는 모두 실패였다. 그만 포기하고 자는 게 나을 듯했다.

막 로그아웃하려는 찰나, 불현듯이 아이디어가 떠올랐다. 지금까지는 철물점 관련 명령어에만 초점을 맞춰 문제점을 찾았다. 앨리는 스크롤을 쭉 내려 맨 밑으로 가서 캐릭터 인터랙션(캐릭터가 사용자의 조작에 따라 실시간으로 반응을 보이는 상호 과정) 관련 코드를 살펴보았다. 이상한 점이 있었다. 철물점은 분명히 캐릭터에게 페인트값을 청구했다. 문제는 해당 코드가 아니라 한참 뒤의 코드에 있었다.

앨리가 네이선에게 문자를 보낸 건 새벽 한 시가 다 되어 갈 무렵이었다.

앨리

시스템이 캐릭터에게 페인트값을 청구하도록 설정했지?

네이선

뭐라고?

앨리

그 코드는 문제가 없어. 철물점은 페인트값을 청구하는데,
도로 환불해 주고 있었어.

네이선

그럴 리가 없어.

앨리

이것 좀 봐.

앨리는 문제의 코드를 복사해서 문자로 보냈다.

네이선

-_-!

앨리

이제 돼?^^

네이선

그런 것 같아.

잠깐만! 이제 새로고침!

앨리도 새로고침을 하고 앱을 다시 열었다. 빨간 티셔츠 캐릭터를 선택한 뒤 철물점을 클릭했다. 캐릭터가 철물점으로 들어가는 걸 보고는 더블 클릭해서 캐릭터의 정보창을 띄웠다.

캐릭터가 계산대에 페인트 통을 내려놓자 잔액 현황에서 500포인트가 빠져나갔다. 캐릭터는 페인트 통을 집어 들고 유유히 철물점 밖으로 나갔다.

앨리는 한숨 돌리며 씩 웃었다. 잠시 후 휴대폰이 울렸다. 엄마 아빠가 들으면 큰일이라 잽싸게 전화를 받았다. 네이선은 인사도 없이 다

짜고짜 설명부터 하기 시작했다.

"내가 무슨 짓을 했는지 이제야 기억났어. 처음 캐릭터 인터랙션을 설정할 때 거래 기능까지 신경 쓰고 싶지 않았거든. 그래서 철물점 요금을 우회하게 코드를 짰어. 방학 끝나면 삭제하려고 했는데 깜빡 잊고 그냥 넘어갔나 봐. 그동안 계속 차감이 안 됐을 텐데 내가 눈치를 못 챘던 거지. 근데 넌 이걸 어떻게 찾아냈어?"

앨리는 괜히 우쭐거렸다.

"내가 좀 하지?"

"인정, 인정!"

"나한테는 뭐 좋은 소식 없어?"

"아직 이것저것 더 해 보는 중이야. 네 말마따나 코드가 진짜 복잡하고 서로 다 연동되어 있어서 쉽지가 않네. 하지만 아이디어가 있긴 해."

"뭔데?"

"조금만 더 해 보고 내일 얘기해 줄게."

"알았어. 난 이제 자야겠다. 이러다가 의자에서 굴러떨어지겠어."

"저기, 앨리?"

"응?"

"저, 그러니까…… 그게…… 고마워."

앨리의 얼굴에 웃음이 떠올랐다.

"도움이 되었다니 기쁘네. 이 은혜, 꼭 갚을 거지? 현재로선 네가 내 유일한 희망이라고 할 수 있거든."

"윽, 너무 부담 주지 마."

앨리는 휴대폰 너머에서 네이선이 웃고 있다는 걸 알 수 있었다.

"잘 자."

"너도."

앨리는 휴대폰을 책상 위에 내려놓고 잠자리에 들 준비를 했다. 욕실에 갔다가 방으로 돌아와 보니 문자 메시지가 와 있었다.

네이선

너, 혹시 별명이 악어 아니야? 앨리게이터 말이야.

앨리

아닌데? 왜?

네이선

흠, 알았어. 그냥 물어봤어.

앨리

너, 이상해.

네이선

알아.

앨리는 빙그레 웃으며 침대에 누웠다. 눈꺼풀이 천근만근이었지만 이상하게도 정신은 말짱했다. 문득 에마가 생각났다. 너무 많은 일이 벌어진 터라 잠시 잊고 있었는데, 어두운 방에 조용히 누워 있으니 에마의 목소리가 자꾸만 귓가에 맴돌았다.

앨리는 휴대폰으로 손을 뻗었다.

앨리

에마, 보고 싶어.

너한테 먼저 얘기했어야 했는데, 그러지 못해서 정말 미안해.

시간이 너무 늦어서 답장을 전혀 기대하지 않았는데, 바로 문자 메시지 알림음이 울렸다. 에마도 잠들지 못하고 뒤척이고 있었던 모양이었다.

에마

내일 점심시간에 도서관에서 좀 볼래?

앨리는 안도의 한숨을 내쉬며 알겠다고 답문을 보냈다.

클릭픽 삭제

사용자
836

‘왠지 오늘은 문제가 다 해결될 것만 같아.’

앨리는 스쿨버스를 기다리면서 생각했다.

네이선한테 클릭드의 오류를 해결할 아이디어가 있다고 했다. 토요일 발표에 추가할 성공담도 세 건이나 확보했고. 점심시간이 지나면 에마에게 용서를 받고 예전처럼 절친으로 돌아갈 터였다.

하지만 앨리의 예상은 보기 좋게 빗나갔다. 1교시부터 점심시간을 알리는 종이 울릴 때까지 상황은 더 이상 나빠질 수 없을 만큼 최악으로 치달았다.

1교시 과학 시간에 비앙카 싱이 앨리를 찾아와 순위판에 문제가 있다고 불평했다. 순위판 2위 자리에 버티고 있는 알리샤 모런과는 서로 경멸하는 사이라나? 2교시 쉬는 시간에는 리아 조와 마주쳤다. 리아는 앨리를 인적이 드문 곳으로 데리고 가서 1학년 후배가 자신을 진짜 친구라고 생각하고 계속 문자 메시지를 보내며 성가시게 군다면서 어떻게든 조치를 취해 달라고 했다.

3교시 수학 시간에는 제시 그랜트가 친구들에게 떠벌리는 이야기를 우연찮게 들었다. 제시는 연예인을 사칭한 가짜 계정을 만든 사람이 자기라며 우쭐대고 있었다. 3교시가 끝나고 화장실에 가서는 클릭드 사진 때문에 아이들이 싸우는 소리를 들었다. 앨리는 두 사람이 밖으로 나갈 때까지 화장실 칸막이 안에 꼼짝없이 숨어 있었다.

체육 시간에는 제인 템플레톤이 은밀하게 다가와 교무실 사정을 이야기해 주었다. 선생님들이 교장 선생님에게 교내에 새로운 앱이 번지는 걸 막아 달라고 항의하는 소리를 들었다고 했다.

"앱이 수업을 방해한다는 거야. 아직 클릭드나 네 이름을 말하는 선생님은 없었지만, 조만간 누가 이르지 않을까?"

앨리는 현실을 직시해야만 했다. 아이들의 등교 시간이 빨라지고 있었고, 수업 시간에 몰래 휴대폰을 꺼내 드는 일이 잦아지고 있었으며, 방과 후에 따로 만나 클릭드를 하는 아이들이 많아지고 있었다.

화요일만 해도 앨리가 통제할 수 있는 수준이었지만, 사용자가 순식간에 늘어난 지금으로선 변수가 너무 많았다. 클릭드 열풍은 이제 앨리의 손을 떠난 것이나 다름없었다.

앨리는 화장실에 숨어 네이선에게 문자 메시지를 보냈다.

앨리

시간이 없어.

앨리

네 아이디어가 필요해.

한시라도 빨리!

점심시간을 알리는 종이 울리자 앨리는 곧바로 도서관으로 향했다. 에마가 어디에 있을지는 이미 알고 있었다.

앨리는 도서 반납대와 검색용 컴퓨터를 차례로 지나 계단을 올라갔다. 열람실 뒤편의 여행 도서 코너 앞에는 햇살이 쏟아지는 창가 자리가 있었다. 에마가 즐겨 찾는 자리였다. 에마는 알록달록한 빈백 소파에 앉아 창문에 머리를 기댄 채 두꺼운 책을 읽고 있었다.

"나, 왔어."

에마는 고개도 들지 않았다.

"그래."

"뭐 읽어?"

에마는 책을 조금 들어 표지를 보여 주었다.

"예전에 읽은 책 아니야?"

"두 번 읽었어."

"왜 여기에 있어? 우리 점심 먹는 데서 봐도 되잖아?"

"애들이 아직도 나만 보면 쪽쪽 소리를 내. 복도에서나 교실에서나 가리지 않고 계속……. 나도 알아. 좀 있으면 안 그러겠지. 그런데 그때까지는……."

앨리는 나직이 중얼거렸다.

"멍청이들."

"어차피 급식실에 가도 아무도 없을 거야. 조는 점심시간마다 클릭드를 하느라 정신이 없어. 매디는 오늘 크리스 오빠하고 점심 먹는다고 했고."

"크리스 오빠랑?"

에마는 스웨터에서 삐져나온 실밥을 손가락에 빙빙 감았다.

"응, 어제저녁에 대화방을 새로 만들었는데 거기에서 조가 매디를 부추겼어. 크리스 오빠한테 점심 같이 먹자고 말해 보라고. 매디가 물었더니 크리스 오빠가 좋다고 한 거지."

"나 빼고 새로운 대화방을 만들었다고?"

"네가 앱의 오류를 수정하느라 바쁜 거 다 아니까. 방해하고 싶지 않아서."

앨리는 가슴이 철렁했다. 클릭드는 친구 사이를 가깝게 만드는 앱이었다. 이렇게 갈라놓는 앱이 아니라…….

에마는 앨리의 눈치를 보며 다른 이야기를 꺼냈다.

"아직 수정은 안 됐지?"

앨리는 에마 옆으로 빨간색 빈백 소파를 끌어와 앉은 뒤 반대편 창문에 뺨을 기댔다. 쏟아지는 햇살 덕에 따스한 기운이 전해졌다.

"열심히 하는 중이긴 한데, 아직은…… 안 됐어."

"나, 어젯밤에 휴대폰에 저장한 사진 다 지웠어. 매디도 지웠고. 그냥 궁금해서 묻는 건데…… 너하고 조는 언제 지웠어?"

앨리가 머뭇거리며 대답했다.

"화요일, 축구 연습 끝나고."

"못 고칠 거라는 걸 미리 알고서?"

에마의 말은 질문이라기보다 대답에 가까웠다. 앨리는 한없이 작아지는 것을 느끼며 빈백 깊숙이 몸을 파묻었다.

"그런데 앨리, 정말로 사적인 사진이 유출되면 어떡해? 내가 앤드류를 좋아한다는 사실이 공개된 것도 문제지만, 그거랑은 비교도 할 수 없을 만큼 비밀스러운 사진이 공유될 수도 있는 거 아니야? 한 사람의 인생이 망가질 수도 있는 사진이 유출되면 큰일이잖아."

"그런 사진이 추출될 확률은 1퍼센트 정도야. 내가 사진 목록을 지켜보고 있다가 유출되기 전에 삭제할 거고. 지금까지도 전부는 아니지만 거의 잡아냈어."

에마는 책을 무릎 위에 내려놓고 앨리의 눈을 똑바로 바라보았다.

"그냥 앱을 닫는 건 어때? 사용자가 벌써 800명도 넘었잖아. 그 정도 데이터면 토요일 대회를 준비하는 데 충분하지 않아? 앱을 닫고 사례를 수집하는 데 집중해. 오류는 다음 주에 수정하고."

앨리도 에마의 말이 옳다는 걸 알았지만, 앱을 닫는 걸 상상조차 할 수 없었다. 난생처음 대단한 일을 해냈는데 벌써 포기할 수는 없었다. 모두가 클릭드를 좋아했다. 불평하는 아이들이 하나둘 생긴 것도 사실이지만, 그건 오류를 수정하면 싹 사라질 터였다. 앨리는 오류를 수정할 자신이 있었다. 단지 시간이 조금 더 필요할 뿐이었다.

"그럴 수는…… 없어."

"대체 왜?"

"아직은 그러고 싶지 않아."

"알았어."

에마는 청바지 뒷주머니에서 휴대폰을 꺼낸 뒤 화면을 켜서 클릭드 로고를 길게 꾹 눌렀다. 화면 속의 아이콘들이 부르르 떨리며 왼쪽 위에 조그맣게 × 표시가 나타났다. 에마는 망설임 없이 ×를 눌렀다. 팝업창이 떴다. 앱을 삭제하면 해당 데이터도 모두 사라진다는 내용의 메시지였다.

에마는 메시지를 소리 내어 읽었다.

"삭제하시겠습니까?"

"그러지 마."

에마가 확인 버튼을 누르자 클릭드가 화면에서 사라졌다.

"네 사과는 받아들일게. 넌 앞으로도 내 절친이야. 그렇지만 내 생각에는 오류를 수정하지 못할 거면, 앱은 닫는 게 좋을 것 같아."

에마는 휴대폰을 도로 주머니에 넣고 책을 펼쳤다.

"그리고 그 전까지는 너하고 말하고 싶지 않아."

앨리는 도서관을 나와 곧장 컴퓨터실로 향했다. 언제나처럼 아그네스 앞에 앉아 있는 네이선의 옆자리에 미끄러지듯이 앉았다.

"왔어? 지금 막 문자 보내려던 참이었는데. 좋은 소식이 있어."

앨리는 안도의 한숨을 내쉬었다.

"나, 좋은 소식이 정말로 필요해. 지금 당장!"

네이선이 화면에 클릭드의 코드를 띄웠다.

"난 앱의 경로가 정상 범주를 벗어났을 때를 주목했어. 코드가 정상적으로 실행되지 않을 때 앱이 어떻게 작동하는지 본 거야. 그런데 자, 여길 봐. 프로그램이 해당 사용자의 인스타그램을 찾지 못하는 경우, 그러니까 서버가 혼잡하다든지, 계정이 존재하지 않는다든지……. 이유야 다양하겠지만 아무튼 찾지 못하면, 사용자의 개인 앨범에서 사진을 추출하고 있었어."

앨리는 모니터 화면을 뚫어지게 쳐다보았다. 네이선 말이 맞았다.

"간단하게 수정할 수 있을 것 같지? 그런데 코드가 다 연동되어 있어서 지금 정리하고 새로 짜기엔 시간이 부족해. 자칫 잘못하면 다른 오류가 생길 거야. 그래서 내 아이디어는…… 그냥 수정을 하지 않는 거야."

"뭐라고?"

"수정은 대회 끝나고 해. 그리고 지금 가장 빠르게 문제를 해결할 수 있는 방법은 이것뿐이야."

네이선은 스크롤을 내려 화면 아래쪽을 가리켰다.

"클릭픽 메뉴를 삭제해."

"뭐? 그렇게 할 순 없어. 클릭픽을 좋아하는 애들이 얼마나 많은 줄 알아?"

"알아. 그렇지만 이것 봐. 여기 이 코드를 삭제한 뒤에 다시 쓰면, 개인 앨범을 건드릴 일이 없어. 인스타그램에서만 사진 힌트를 추출한다고. 휴대폰 앨범에 사진을 저장할 일도 없고, 그 사진을 다른 데로 보낼 일도 없으니까 아예 유출의 위험이 없어지는 거지."

네이선이 스크롤을 올렸다. 앨리는 코드를 천천히 살펴보았다. 클릭픽 메뉴를 버린다는 건 생각하기조차 싫었지만, 네이선의 말에도 일리가 있었다.

"그럼 사용자들이 클릭드 친구를 맺은 다음의 진행 과정을 다 변경해야 하는데……."

"우후도 안녕이지."

네이선의 농담에도 앨리는 웃지 않았다. 그저 화면 속의 코드를 가리키며 하나하나 짚어 나갈 뿐이었다.

"이 코드를 삭제하면 불빛과 순위판을 그대로 둔 채 카메라 앱을 실행시키지 않을 수 있어. 그러면 휴대폰 앨범에 접근하는 경로가 완전히 차단돼."

"내 말이 그 말이야. 그러면 이제 인스타그램만 남는 거지. 아이들이 자발적으로 올린 사진들만 말이야. 클릭픽이야 나중에 오류만 수정하면 언제든지 되돌려 놓을 수 있잖아? 일주일이나 이 주일 정도 지나서 업그레이드판이라고 하면서 재출시해."

앨리는 찬찬히 상황을 정리해 보았다. 앱을 단순하게 만들고 싶지는 않았다. 클릭드는 현재의 모습이 가장 좋았다. 클릭드의 꽃이라고 할 수 있는 클릭픽도, 우후도 잃고 싶지 않았다. 더구나 대회에서 발표할 성공담도 클릭픽이 있어야 빛을 발할 것이다.

하지만 네이선의 말이 맞다는 것은 인정해야 했다. 클릭픽을 삭제하는 편이 훨씬 간단했다. 조금 전 도서관에서 들은 에마의 충고도 떠올랐다. 더는 다른 사람의 마음을 아프게 하고 싶지 않았다. 친구를 되찾고 싶었다. 할 수 있는 건 뭐든 해야만 했다.

네이선이 종이에 출력해 온 코드를 내밀었다. 문제의 코드가 파란색 형광펜으로 칠해져 있었다.

"어젯밤에 테스트 엄청 많이 했어. 파란색이 네가 삭제해야 할 코드야. 초록색은 순위판을 다른 데이터하고 연동하려면 조금 수정해야 할 코드고."

네이선은 옆에 수정할 내용도 구체적으로 적어 두었다.

앨리는 벽시계를 쳐다보았다. 점심시간이 십 분밖에 남지 않았다. 방과 후, 엄마가 데리러 오기 전에 코드를 수정하고 테스트해서 업그레이드할 수 있을 것 같았다. 저녁이 되면 더 이상 사진 유출 문제로 노심초사하지 않아도 될 터였다.

앨리는 골똘히 생각에 잠겼다. 어떤 식으로 바꾸어야 할지 고민하는데 네이선이 앨리를 다급하게 불렀다.

"저기, 이거 좀 심상치 않은데. 네가 봐야 할 것 같아."

"또 뭐야?"

네이선이 화면 오른쪽 위의 사용자 계정 현황을 가리켰다.

"아직은 무엇 때문인지 모르겠어. 그런데 여기 좀 봐, 사용자 수가 점심시간 내내 크게 변동이 없었거든. 내가 컴퓨터 앞에 앉았을 때 862명이었고, 그다음엔 거의 변하지 않았어. 그런데 지금 갑자기 늘어나기 시작했어."

사용자의 숫자는 매우 가파르게 증가하고 있었다. 876, 881, 883,

890…….

"사용자가 왜 갑자기 이렇게 늘어나는 거지? 이제 점심시간도 끝나가는데?"

네이선의 손가락이 자판 위에서 춤을 추었다.

"여기, 최신 업데이트를 기준으로 새로 가입한 회원들 목록이야. 이걸 보면 뭔가 나오겠지."

앨리는 의자 팔걸이에 팔을 기대며 화면을 가까이 들여다보았다. 목록 맨 윗줄의 이름을 스무 개쯤 훑어보며 공통점을 찾았지만, 아무 실마리도 보이지 않았다.

"난 다 모르는 애들이야. 넌 아는 애 있어?"

네이선은 고개를 저었다.

"이상한데……. 화요일에 처음 앱을 열었을 때 말고는 사용자가 이렇게 치솟는 건 처음 봐. 왜 이렇게 몰려들지?"

두 사람이 지켜보는 동안에도 숫자는 계속 가파르게 올라갔다. 903, 912, 918, 925…….

"말도 안 돼. 머서 중학교 전교생은 914명이라고. 잠깐만! 얘, 내가 아는 애야. 초등학교 때 같은 축구팀이었어. 그런데 스타인벡 중학교에 다니는데……."

스타인벡 중학교는 다른 동네에 있었다.

마침내 수업 시작종이 울렸다. 그사이에 사용자 수가 더 늘어났다. 927, 935, 943…….

"클릭드가 스타인벡 중학교에 퍼지고 있어!"

현재로선 좋은 소식이라고 할 수 없었다. 그걸 알면서도 앨리는 자꾸만 신이 나서 얼떨떨한 미소를 지었다. 네이선이 고개를 절레절레 흔들면서 말했다.

"이 학교의 점심시간이 막 시작됐다는 데 10달러 걸게."

앨리는 수업이 끝난 뒤 곧장 컴퓨터실로 갔다. 한 시간 내내 네이선과 협력해서 코드 수정에 몰두했다. 앨리는 화면을 주의 깊게 살펴보며 스크롤을 내렸다. 의심스러운 코드가 나오면 전체를 선택해서 삭제했다. 사진 앨범에 관련된 코드들은 신중하게 분리했다. 코드를 삭제할 때마다 가슴이 조마조마했지만, 마지막 줄까지 차분하게 해 나갔다.

점심시간에 네이선에게서 건네받은 인쇄물을 내려다보았다. 수정된 코드와 네이선이 체크한 코드가 정확히 일치하는지 다시 한 번 확인했다. 이제 순위판은 어떤 식으로든 사진 앨범과 연관이 없었다. 더는 클릭픽도, 우후도 없었다. 사용자들은 클릭드의 변화를 얼마 만에 알아차릴까? 앨리는 숨죽인 채 마지막 테스트가 끝나기를 기다렸다.

"됐다!"

앱의 기능이 단순해져서 속이 상했지만, 그래도 마음이 놓였다. 그때 문자 메시지 알림음이 울렸다. 엄마가 도착한 모양이었다.

"업데이트 알림 안 보낼 거야?"

"지금은 안 되겠어. 엄마가 도착했대. 바로 축구 연습 가야 해. 집에 가서 테스트 한 번 더 한 뒤에 보낼래."

네이선은 고개를 저었다.

"그냥 보내, 이 쫄보야."

앨리는 컴퓨터를 로그아웃한 뒤 전원을 껐다.

"보낼 거야, 금방."

네이선은 팝콘을 한 움큼 집어 입 안에 털어넣고 우물거렸다.

"너, 괜히 시간만 끄는 거야."

"그럴지도."

앨리는 축구 연습을 마치고 집으로 돌아와 저녁을 먹은 뒤 재빨리 방으로 갔다. 발치에 보를 앉히고 책상에 앉은 다음 숙제와 온라인 퀴즈까지 다 마치니 어느새 9시가 다 되었다.

"이제 시작해 봐야겠지?"

앨리는 코드걸스 서버에 로그인한 다음, 클릭드 소스 코드로 들어갔다. 오후에 한 작업을 처음부터 끝까지 확인한 뒤 네이선이 준 인쇄물을 꺼내 한 번 더 살펴보았다. 코드는 정확히 일치했다. 그때 네이선에게서 문자가 왔다.

네이선

시간 좀 그만 끌어!

앨리는 소리 죽여 웃었다. 맞는 말이었다. 할 수 있는 건 다 했으니, 이제 새로운 버전을 사용자들에게 보내기만 하면 되었다.

앨리

나도 안다고!

좋아. 이제 보낸다!

앨리는 기존 사용자들에게 보낼 메시지를 작성했다.

보안 업데이트 : 설치

앨리는 마우스에 손가락을 얹은 채, 커서를 전송 버튼 주위에서 빙글빙글 돌리며 마음의 준비를 했다.

네이선

셋을 세.

앨리

하나.

네이선

둘.

앨리

셋!

앨리가 전송 버튼을 누르자 휴대폰 화면에 업데이트 알림 메시지가 떴다. 앨리는 클릭드를 업데이트한 뒤 곧바로 프로필을 확인했다. 아무 문제가 없어 보였다. 내일 아침에 아이들이 등교해 서로의 사정거리 안에 들어가고 목록에 사진이 올라와야 좀 더 확실하게 알 수 있을 터였다. 그래도 당장 보기에는 별문제 없는 것 같았다.

앨리는 눈이 너무 아파서 얼른 잠자리에 들 준비를 했다. 네이선에게서 또 문자가 왔다.

네이선

해냈네.

앨리

네가 해낸 거야.

네이선

우리가 해낸 거지. 이제 비긴 거다?

토요일에 잘해 봐.

앨리

너도.

네이선

잘 자!

앨리는 악어 이모티콘을 보고 씩 웃었다. 침대에 누운 뒤 클릭드를 열어 코드걸스 그룹으로 들어갔다. 굿 데이 배드 데이를 하기에는 늦은 시각이었지만, 코트니에게는 꼭 알리고 싶었다.

앨리

사용자 1,200명 돌파. 오류 수정함. 성공담 더 모음.

앨리는 휴대폰을 침대 옆에 내려놓고 눈을 감았다. 잠에 빠져들면서 이제껏 수집한 성공 사례들을 곱씹어 보았다. 블레이크와 잭슨, 키이라와 신, 벤과 브로디, 조와 에이제이, 매디와 크리스 오빠.

그러고 보니 여섯 번째 사례가 있었다. 앨리는 네이선과 클릭드 친구가 되던 날을 떠올리며 씩 웃었다. 어쩌면 네이선과의 새로운 우정이 가장 마음에 드는 성공 사례인지도 몰랐다.

돌발 상황

이른 아침, 앨리는 골목에서 버스를 기다렸다. 피곤하면서도 아드레날린이 솟구치는 듯한 기분이 들었다. 한시라도 빨리 학교에 가고 싶었다. 1교시 종이 울리기 전에 최대한 많은 아이들과 클릭드 친구를 맺고, 점심시간에는 조와 함께 교내를 돌아다니며 자신이 만든 앱을 즐길 생각이었다. 그리고 무엇보다 오류를 수정했다는 소식을 빨리 에마에게 전하고 싶었다. 앨리는 기분 좋은 상상에 씩 웃었다.

버스가 정류장에 멈춰 서며 문이 열렸다. 버스에 오르기가 무섭게 마커스가 앨리를 불렀다.

순간, 앨리의 얼굴에서 웃음기가 싹 사라졌다.

"3위, 이게 대체 무슨 일이야?"

"왜? 아, 클릭픽 말이구나? 그 기능은 잠깐 닫았어. 임시로 닫은 거니까 걱정 마."

자리로 걸어가면서 보니, 얼굴을 찌푸리고 있는 아이가 마커스만이 아니었다. 모두 앨리를 빤히 쳐다보았다. 표정들이 좋지 않았다.

"내 순위판, 어떻게 된 거야?"

"맞아, 내 순위판도 텅 비었어."

"다 그래. 도대체 무슨 일이야?"

여기저기에서 앨리에게 항의하는 목소리가 쏟아졌다.

앨리는 영문을 모른 채 조의 옆자리에 앉으며 물었다.

"뭐야? 오늘 분위기가 왜 이래?"

"앨리, 아침에 클릭드 안 열어 봤어?"

"당연히 열어 봤지!"

매일 아침 눈을 뜨자마자 제일 먼저 하는 일이 클릭드를 열어 보는 것이었다. 그 순간, 아침의 상황이 떠올랐다. 알람을 듣자마자 침대에서 나와 컴퓨터를 켜고 코드걸스 서버에 접속했다. 무사히 돌아가고 있는 서버를 지켜보면서 전율을 느끼는 동안, 엄마가 아침을 먹으러 내려오라고 세 번이나 소리쳐 불렀다. 아침밥을 허겁지겁 먹고 나서 버스를 놓치지 않기 위해 총알같이 뛰어나왔다.

"그러고 보니…… 안 열어 본 것 같아."

앨리는 휴대폰을 꺼내 클릭드 아이콘을 눌렀다. 순위판이 텅 빈 채 파란색 물음표만 떠 있었다.

"왜 이러지?"

"그래서 모두들 궁금해하는 거잖아."

조가 자신의 휴대폰을 보여 주었다. 텅 빈 순위판에 물음표 열 개만 떠 있었다.

"오늘 아침엔 블룹 소리가 한 번도 안 울렸어."

버스가 학교에 도착하자마자 앨리는 컴퓨터실로 뛰어갔다. 컴퓨터실 앞에 한 무리의 아이들이 서 있었다. 아이들이 쏟아 낼 질문을 도저히 감당할 수 없을 것 같았다. 슬레이드 선생님께는 또 뭐라고 말해야 하지? 앨리는 눈물이 그렁그렁한 채 뒤로 돌아섰다. 정신을 차려 보니 어느새 도서관 앞에 와 있었다.

앨리는 열람실로 올라가 에마가 좋아하는 창가 옆 소파에 무너지듯이 앉았다. 얼굴을 두 손에 파묻고 정적이 몸속으로 스밀 때까지 꼼짝도 하지 않았다. 수업 시작종이 울렸지만 꿈쩍도 하지 않았다. 곧이어 휴대폰이 울렸다. 하지만 일부러 받지 않았다.

한참을 그 자리에 앉아 있었다. 전날 밤의 일들을 하나하나 곱씹었다. 어느 부분을 수정하고 또 테스트를 했는지 낱낱이 떠올려 보았다. 모두 네이선이 알려 준 대로 했다.

'설마, 네이선이? 말도 안 돼. 네이선이 그랬을 리가 없잖아.'

앨리는 네이선에게 문자를 보내기 위해 휴대폰을 꺼내 들었다. 그때 스피커가 지직거리더니 열람실에 안내 방송이 울려 퍼졌다.

"교내에 있는 앨리 나바로, 앨리 나바로 학생은 지금 바로 교무실로 오세요."

수업이 시작되었는지 복도는 텅 비어 있었다. 생각해 보니 지난 일 주일 내내 뛰어다니기만 한 것 같았다. 그러나 이제는 급할 것이 전혀 없었다. 앨리는 최대한 느릿느릿 교무실로 걸음을 옮겼다.

얼마 전, 제인에게 들은 이야기가 떠올랐다. 지금쯤 선생님들이 교장 선생님 앞에 모여서 클릭드에 대한 불만을 토로하고 있을 것만 같았다. 이마에 식은땀이 맺혔다.

교무실에 도착해 보니 다행히 선생님들은 보이지 않았다. 앨리는 입구에 있는 교무 실무사에게 인사를 했다.

"안녕하세요. 저는 앨리 나바로라고 하는데요. 교무실로 오라는 방송이 나와서요."

"아, 교장 선생님께서 지금 통화 중이셔. 잠깐 앉아 있어. 시간이 좀 걸릴 테니까."

교무 실무사는 앨리를 교장실 쪽으로 안내한 뒤, 불편하게 생긴 접이식 의자를 가리켰다.

앨리는 의자에 앉아 침착하려고 애를 썼다. 십오 분쯤 지난 뒤, 마침내 교장실 문이 열렸다. 앨리의 심장이 다시 쿵쿵 뛰었다. 교장실에 들어가는 것은 처음이었다. 교장 선생님이 책상 옆의 갈색 가죽 의자를 가리켰다.

"앉아 봐."

선생님은 아무 말 없이 책상 위에 놓인 서류를 읽기 시작했다. 앨리는 속으로 선생님이 아무 말이라도 해 주길 바랐다. 온갖 생각이 마구잡이로 떠올라 떨쳐 내기가 힘들었다. 머리카락을 한 움큼 쥐어 비비 꼬았다. 뭐라도 만지작거려야 이 숨 막히는 분위기 속에서 안정을 되찾을 수 있을 것 같았다.

마침내 선생님이 길게 한숨을 내쉬며 양손을 맞잡았다.

“머서 중학교에 재직한 지도 벌써 16년이구나. 그런데 말이다. 이번처럼 미묘하고 흥미로운 개학은 처음이었어. 이유가 짐작이 가니?”

앨리는 고개를 저었다.

“휴대폰 때문에 수업을 못 하겠다고 일주일 내내 선생님들의 항의가 끊이질 않았지. 결국 내가 직접 점심시간에 휴대폰을 압수하러 다니기까지 했고. 예전에도 교칙을 어기는 학생은 간혹 있었지만 이렇게까지 심각한 문제가 생긴 적은 없었거든. 그런데 난데없이 휴대폰이 문제가 된 거지.”

앨리는 전혀 모르겠다는 표정을 지으려고 애썼다.

“혹시 클릭드라는 앱을 아니?”

앨리는 어쩔 수 없이 고개를 끄덕였다.

“나는 어제 늦게야 그 앱을 알았단다. 바로 앱스토어에 들어가 봤지. 직접 내려받아서 어떻게 하는 건지 보려고. 그런데 앱스토어에는 그런 앱이 없더구나.”

선생님은 책상에서 일어나 창가로 가서 주차장을 내려다보았다.

“앨리 나바로, 내가 왜 클릭드를 못 찾았는지 이유를 알지? 바로 앱스토어에 없는 앱이니까. 그 앱은 우리 학교 학생이 개인적으로 만든 거거든. 맞니?”

앨리는 두 눈을 질끈 감았다. 이대로 사라져 버릴 수 있다면 얼마나 좋을까?

“자, 이제 설명해 봐. 클릭드가 뭘 하는 앱이니?”

앨리는 자세를 고쳐 앉았다.

"그게요, 자기하고 공통점이 많은 친구를 찾아 주는 앱이에요. 먼저 사용자의 취향을 파악한 뒤에 사용자와 잘 맞을 것 같은 아이들 열 명을 추려서 연결해 주는 거죠."

선생님은 고개를 끄덕이며 알 듯 말 듯한 미소를 지어 보였다.

"어쩌다 그런 앱을 만들 생각을 했니?"

앨리는 여름 방학 동안 코드걸스라는 코딩 캠프에 다녀왔다고 했다.

"서먹서먹한 침묵을 깨뜨려 주는 앱이 있으면 좋을 것 같았어요."

코트니의 이야기도 빠뜨리지 않았다.

"정말로 열심히 했어요. 그렇게 뭔가에 열심히 집중한 건 난생처음이었어요. 그리고 캠프 마지막 날 무대에서 발표하고 기립 박수까지 받았고요. 무척 자랑스러웠지요. 발표회에 슬레이드 선생님도 오셨는데, 선생님이 좋은 세상을 위한 게임 대회의 멘토 역할을 해 주신다고 하셨어요. 개학 날 학교에 올 때는 구름 위를 걷는 것 같았고요. 친한 친구들한테 앱을 보여 주고 싶었거든요. 다들 얼마나 좋아했는지 몰라요."

앨리는 이야기가 옆길로 새고 있다는 걸 깨닫고는 잠깐 숨을 골랐다.

"원래는 이렇게 많은 아이들하고 공유하려던 건 아니었어요. 그런데 어느 틈에 전교에 쫙 퍼져 버렸어요. 그러다가 화요일에 문제가 생긴 걸 알았고요."

앨리는 클릭드에 오류가 생겼다는 사실을 선생님에게 털어놓았다. 그리고 사흘 내내 방과 후에는 컴퓨터실에서, 하교한 뒤에는 자신의 방에서 오류를 수정하기 위해 최선을 다했다고 말했다.

"그런데 어제 네이선이 차선책을 알려 줬어요. 최소한 이번 주 토요일에 열릴 게임 대회에는 참가할 수 있도록이요. 그런데 알고 보니……. 어쨌든 이젠 다 상관없어요. 오류를 수정하다가 순위판이 다 망가져 버렸거든요. 순위판은 클릭드의 핵심이나 마찬가지인데……. 그래서 지금은…… 다 끝난 것 같아요."

눈물이 뺨을 타고 흘러내렸다. 선생님이 상자에서 휴지를 한 장 뽑아 앨리에게 건넸다. 앨리는 코를 풀고 나서 이야기를 이어 갔지만 다시 옆길로 새고 말았다.

"다들 앱이 안 돼서 신경질을 내고 있어요. 그런데 그게 중요한 게 아니잖아요! 제가 만든 앱이 작동이 안 되고 있다고요. 저는 이제 대회에서 발표할 앱이 없어요. 저랑 절친인 에마는 저를 별로라고 생각해요. 제 친구들은 이제 같이 점심을 먹지도 않고, 제가 알지도 못하는 아이들은 서로 싸우고 있어요. 그런데 그게 다 제 책임이에요."

앨리는 눈물을 훔친 뒤 코를 훌쩍 들이마셨다.

선생님은 앨리를 가만히 쳐다보았다.

"네가 얼마나 열심히 했는지, 그게 너한테 얼마나 중요한 것인지 잘 알아들었다. 대단하구나. 그렇게까지 최선을 다했다니. 오류를 고칠 때도 그렇고, 처음 앱을 만들었을 때도 그렇고, 정말 대단하다고 생각해. 슬레이드 선생님은 이제 어떻게 하라고 하시든?"

앨리는 바닥의 양탄자를 물끄러미 내려다보았다.

"선생님은 아직 아무것도 모르고 계세요."

"선생님께 말할 생각이니?"

앨리는 속이 울렁거렸다. 슬레이드 선생님에게 사실대로 말할 자신이 없었다. 하지만 교장 선생님의 질문은 일종의 권유였다. 그리고 앨리에게는 선택권이 없었다.

"네, 말씀드리려고요."

"컴퓨터 수업이 몇 교시지?"

"6교시요."

선생님은 메모지에 뭐라고 적어서 앨리에게 건넸다.

"이걸 슬레이드 선생님께 갖다 드려. 오늘은 특별히 다른 수업을 다 빼 줄게. 하루 종일 컴퓨터실에서 선생님의 도움을 받아 앱을 수정하도록 해."

"정말요?"

앨리는 손에 쥔 메모지와 선생님을 번갈아 쳐다보았다.

"하지만, 왜요?"

선생님은 빙긋 웃어 보였다.

"여름 방학을 다 바쳐서 친구를 사귀는 앱을 만들었고, 앱에 문제가 생긴 걸 알자마자 개학 첫 주를 몽땅 바쳐서 고치려고 했지. 꼭 해야만 하는 일이 아닌데도 말이야. 그만큼 이 일이 너에게 중요하다는 걸 알았어. 너의 추진력과 노력이 우리 학교 학생들에게 좋은 모범이 되어 줄 것 같구나."

앨리는 선생님 말씀이 도무지 믿기지 않았다. 뭐라고 대답해야 좋을지 알 수가 없어서 그저 고개만 연신 끄덕였다.

"물론 너에게 무조건 앱을 닫으라고 할 수도 있어. 그런데 그렇게 하면 다른 학생들이 납득하지 못하겠지."

"고맙습니다!"

"천만에."

"그럼, 전 이제 가서 작업할게요."

"앨리 나바로, 뭐 하나만 더 물어봐도 될까?"

"그럼요."

"처음 앱에 문제가 생겼다는 걸 알았을 때 왜 그냥 닫아 버리지 않았지?"

앨리는 지난 일주일 내내 했던 생각들을 떠올려 보았다. 아이들이 앱을 너무 재미있어 했고, 토요일 대회를 위해서는 사용자 수를 늘려야 했으며, 클릭드가 좋은 세상을 만드는 데 이바지했다는 걸 증명해 줄 성공 사례가 필요했다. 하지만 그 많은 명분은 앱을 닫지 않은 진짜 이유와는 아무 상관이 없었다.

앨리는 선생님의 눈을 가만히 바라보며 진실을 말했다.

"모두가 저를 알아주었거든요."

"앨리, 너 무슨 일 있니?"

컴퓨터실 안으로 들어가자 슬레이드 선생님이 깜짝 놀란 눈으로 물었다.

앨리는 이미 복도에서 한 차례 연습을 마쳤지만, 막상 닥치고 보니 심장이 너무 빨리 뛰어서 연습한 대로 잘 설명할 수 있을지 자신이 없었다.

"네, 문제가 생겼어요. 그런데 어떻게 해야 할지 모르겠어요."

슬레이드 선생님은 교장 선생님의 메모를 읽은 다음 앨리를 가만히 바라보았다.

"무슨 일인지 처음부터 설명해 봐."

앨리는 지금까지 있었던 일을 전부 털어놓았다. 앱의 사진 추출 기능에 오류가 생겨서 사용자의 개인적인 사진이 유출된 것, 그 때문에 친한 친구들과 싸운 것, 며칠 동안 컴퓨터실에 늦게까지 남아 있었던 것은 발표에 추가할 성공 사례 때문이 아니라 클릭드의 오류를 수정하기 위해서였다는 것도 밝힐 수밖에 없었다.

아이들이 개최한 순위판 파티라는 것도 있었고, 속옷 차림의 사진도 유출된 데다, 미처 삭제하지 못한 사진 때문에 친구들끼리 싸우는 것도 보았다고 했다.

"그런데 네이선이 수정할 수 있는 방법을 알 것 같다고 했어요. 저도 빌트에 생긴 오류를 수정할 수 있을 것 같았고요. 그래서 서로의 앱을 살펴봤어요. 그런데 어제저녁에 네이선 말대로 클릭드를 수정했더니, 뭐가 잘못된 건지 순위판 연결이 끊어져 버리고 만 거예요."

앨리는 비난조로 말하고 싶지 않았지만 뜻대로 되지 않았다. 전날 있었던 일을 떠올려 보았다. 네이선이 수정해야 할 코드를 골라 준 것은 맞지만, 수정은 앨리가 직접 했다. 테스트도 했다.

그러니까 네이선이 일부러 앱을 망쳤다고 생각하기는 어려웠다. 어쨌든 네이선에게는 지금 잘 작동하는 앱이 있고, 자신에게는 아무것도 없었다. 이런 상황에서 앨리는 작은 가능성이라 해도 무시할 수가 없었다.

헤드폰을 낀 채 옆자리에 앉아 있던 네이선을 떠올렸다. 네이선이 클릭드를 내려받은 건 탐색하기 위해서였을까? 어쩌면 처음부터 클릭드를 망칠 생각이었는지도 몰랐다. 이번에야말로 질 수도 있다고 생각한 나머지, 아예 기회의 싹을 잘라 버리겠다고 마음먹은 건 아닐까?

하지만 점심시간마다 함께 컴퓨터실에서 보낸 시간들이 떠올랐다. 팝콘을 나눠 먹으며 서로의 코드를 점검해 주고, 늦은 밤까지 문자 메시지를 주고받고, 집에서도 문제를 수정하기 위해 애썼다.

앨리는 머리가 몹시 혼란스러웠다.

선생님은 앨리에게 뒤편으로 가자고 손짓했다. 앨리가 아이라의 전원을 켜는 사이에 선생님은 네이선의 자리에 앉았다.

"알지? 선생님은 문제를 찾는 걸 도와주는 역할이야. 또 네가 문제를 해결하는 데 도움이 될 만한 일이라면 뭐든지 할 거고. 하지만 문제를 대신 해결해 줄 수는 없어."

앨리는 고개를 끄덕였다. 새삼스러울 것도 없었다. 대회 규칙이라면 아주 잘 알고 있었다.

"좋아, 그럼 한번 들여다보자."

2교시 수업을 들으러 온 학생들이 컴퓨터실로 하나둘 들어오기 시작했지만, 선생님은 앨리의 곁을 떠나지 않았다.

앨리는 코드걸스 서버에 로그인한 다음 바로 데이터베이스를 확인했다. 스크롤을 천천히 내리면서 한 줄씩 꼼꼼하게 살펴보았다. 사용자들의 데이터는 여전히 그 자리에 있었다.

앨리는 눈물을 꾹 참으며 화면에 집중했다. 모든 것이 아무 문제 없어 보였다. 시스템에서 순위판 데이터를 모으고 다른 사용자의 데이터와 비교해서 순위를 매기는 알고리즘은 앨리가 짠 코드대로 움직이는 것 같았다.

앨리는 망설이다가 조심스럽게 입을 열었다.

"데이터를 백업해 둔 게 있어요. 예전 코드를 복구하면 어젯밤 이전 상태로 돌아갈 수 있을 거예요."

"그렇게 되면 클릭드가 개인 앨범에서 사진을 무작위로 추출해서 유출시킬 수 있잖아?"

"네."

앨리는 자신의 무심한 태도에 죄책감을 느꼈다. 하지만 그렇게 최악의 일이 정말로 벌어질까? 벌써 금요일이었다. 앱을 예전 상태로 되돌린 다음에 토요일까지 오프라인 상태로 유지하면 될 터였다.

선생님이 화면을 가리켰다.

"이런 종류의 문제는 심사위원들이 절대로 눈치채지 못해. 하지만 너도 알고, 나도 알잖아. 반드시 오류를 수정해야 해."

순간, 앨리는 선생님에게 사실대로 말하지 말걸, 하고 후회했다. 왜 곧장 코드를 수정 전으로 복구한 다음에 업데이트 알림을 보내지 않았을까?

뭐가 잘못된 건지도 모르는 오류를 찾아 수정한 뒤에 순위판을 살려내는 것보다 그렇게 하는 편이 훨씬 쉬웠을 것이다. 그러면 모두가 행복했을 거고……. 하지만 앨리는 그렇게 해선 안 된다는 것을 누구보다 잘 알고 있었다.

앨리는 자리에서 일어나 컴퓨터실 안을 서성거렸다. 모니터 화면을 쳐다볼 엄두가 나지 않았다. 순위판이 제대로 작동하지 않으면 1,200명이 넘는 사용자도 아무 의미가 없었다. 저녁까지 코드를 고치지 못하면 예전의 코드걸스 그룹 결과로 발표를 해야 했다.

문득 무서운 생각이 들었다.

"설마……."

앨리는 휴대폰에서 클릭드를 열고 코드걸스 그룹으로 들어갔다. 순위판을 클릭하는 순간, 심장이 바닥으로 곤두박질쳤다. 코드걸스 그룹의 순위판도 텅 비어 있었다. 모두의 정보가 쓸려 나가 버렸다.

코트니는 애리조나에 살았다. 카야는 보스턴으로 돌아갔다. 알렉사는 조지아에, 마야는 덴버에, 자이나는 시카고에, 레이철은 플로리다에, 리는 텍사스에, 라일라는 오레곤에, 쇼나는 일리노이에, 제인은 노스캐롤라이나에 있었다.

앨리는 절대로 순위가 변할 리 없는 코드걸스 그룹 친구들의 이름을 볼 때마다, 멀리 떨어져 있어도 모두가 연결되어 있다는 느낌을 받곤 했다. 컴퓨터실을 뛰어다니며 서로의 휴대폰을 나란히 맞대고 함께 순위판을 보던 순간을 수시로 떠올렸다. 그 순간은 결코 두 번 다시 만들어 낼 수 없었다.

잠시 후 2교시가 끝나는 종이 울렸다. 슬레이드 선생님이 앨리의 등을 다독였다.

"앨리, 괜찮아. 이건 코드야. 얼마든지 수정할 수 있어."

앨리는 그대로 책상 위에 엎드렸다.

어젯밤까지만 해도 앨리에게는 아무 문제 없이 작동하는 앱이 있었다. 사용자가 1,000명이 넘어서 데이터 양도 어마어마했고, 사진 오류도 없는 앱이었다. 그런데 지금 남은 거라곤 텅 빈 순위판 두 개뿐이었다. 코드는 얼마든지 수정할 수 있을지 몰라도, 뭘 어떻게 해야 할지 막막하기만 했다. 대회는 이제 24시간도 채 남지 않았다.

"제 앱의 핵심은 순위판이에요. 문제를 발견해서 수정한다 해도 무슨 수로 내일까지 순위판을 다 채우죠?"

"선생님이 좀 봐도 될까?"

앨리는 선생님이 데이터베이스를 살피는 걸 잠자코 지켜보았다. 당장이라도 자리에서 일어나 도서관 열람실 구석으로 숨어 버리고 싶은 심정이었다. 알록달록한 빈백 소파와 창문으로 쏟아져 내리는 햇살이 눈에 아른거렸다.

"흠……, 선생님이 보기에 문제는 두 가지야. 첫 번째는 순위판과 다른 데이터를 연동하는 알고리즘에 무슨 오류가 생겼는지 확인할 수 있냐는 것. 그건 네가 쉽게 파악할 수 있을 거고. 두 번째는 지금 근처에 있는 학생들로 새로운 순위판을 구성할 수 있느냐는 거야."

선생님의 말은 틀린 데가 없었다. 앨리는 끄응 소리를 냈다.

"내 생각에는 현재 사용자를 모두 삭제하고 아무것도 없는 상태에서 새로 시작하는 게 좋을 것 같아. 어때?"

앨리는 고개를 번쩍 들었다.

"네?"

"엄밀히 말하면 데이터를 전부 삭제하라는 게 아니고, 잠시 동안 전체 데이터를 선택 해제 상태로 해 두자는 거야. 그러면 소규모 데이터만 가지고 깔끔하게 시작할 수 있을 테니까. 전체 데이터를 되돌려 놓는 건 오류를 수정하고 대회가 끝나면 언제든지 할 수 있어."

"하지만 이번 주에만 1,000명이 넘는 사용자들을 모았는걸요! 엄청난 숫자라고요. 선생님도 말씀하셨지만, 심사위원들도 그런 걸 기대하잖아요."

"심사위원들이 기대하는 건 제대로 작동하는 앱이기도 해."

앨리는 책상 위로 쓰러지듯이 엎드렸다.

"세상이 무너지기라도 했니? 사용자들은 얼마든지 모을 수 있어. 너는 코드걸스 캠프 발표만으로 대회 출전권을 따냈잖아. 사용자는 스무 명뿐이었지만 멋진 이야기들이 많았기에 가능했던 거야. 거기에만 집중해. 게다가 넌 이미 특별한 일주일을 보냈다는 사실을 잊지 마. 학교 어디에서나 신나게 달리는 아이들의 순수한 모습을 보았잖아. 다 네 앱 덕분이야. 석 달 전에는 이 세상에 존재하지도 않았던 앱 덕분이라고. 네 상상 속의 구상을 열정과 지식으로 현실에 구현해 냈어. 그게 바로 네가 해낸 일이야."

선생님은 앨리의 어깨를 꽉 쥐었다. 앨리는 그렁그렁한 눈으로 고개를 끄덕였다.

"네 앱을 보고도 멀뚱한 사람은 교장 선생님뿐이었어. 그런데 선생님의 메모를 보니, 이제는 조금 궁금해하시는 것 같구나. 네 앱은 지구상에서 가장 인정사정없는 베타 테스트까지 가뿐하게 통과한 거야."

슬레이드 선생님의 장난기 어린 말에 앨리는 웃음을 터뜨렸다. 그러고는 휴대폰을 집어 들어 클릭드 앱을 실행했다. 앱은 또 충돌을 일으켰다. 선생님은 앨리에게 자신의 귀걸이를 흔들어 보였다. 한쪽은 자그마한 스패너, 다른 한쪽은 귀여운 망치 모양이었다.

"수정에 필요한 도구는 이미 다 준비됐어. 먼저 심사위원들을 기절초풍하게 만든 다음, 원래 사용자들을 다시 데리고 오면 되는 거야."

앨리는 1,200명이나 되는 사용자들을 비활성화 상태로 돌리면 어떻게 될지 생각해 보았다. 데이터를 잃을까 봐 걱정할 필요 없이, 관리하기 쉬운 소규모 데이터에만 집중할 수 있을 터였다.

그래, 처음부터 다시 시작하는 거다. 지난여름 코드걸스 캠프에서 했던 것처럼.

앨리는 두 눈을 빛내며 대답했다.

"네, 알겠어요."

선생님은 손가락을 튕겨 딱 소리를 냈다.

"점심시간 전에 수정이 되면, 컴퓨터반 애들한테 새로운 사용자가 되어 달라고 부탁하자. 프로필하고 퀴즈 답변도 다 저장되어 있으니까, 코드가 완성되는 대로 컴퓨터반 아이들의 데이터를 활성화해 두는 거야. 그리고 아이들이 컴퓨터실로 들어오기 시작하면 곧바로 친구 찾기를 시작하면 돼. 순위판은 수업 시간 중에 복구될 거야."

언뜻 좋은 해결책인 것 같지만, 어쩐지 실패한 것처럼 느껴졌다. 앨리는 자기도 모르게 한숨을 푹 내쉬었다.

"지난 월요일로 돌아가는 거네요."

"넌 월요일이 별로였니?"

앨리는 친구들과 함께 중앙 현관과 과학관 사이의 오솔길에 앉아 있었던 때를 떠올렸다. 친구들이 퀴즈를 어떻게 푸는지 어깨너머로 훔쳐봤다. 네 사람이 함께 교내를 뛰어다녔던 기억도 생생했다. 블룹 소리에 귀를 기울이며 힌트를 따라 서로를 찾아다녔다. 체육관 계단에서 네 사람이 서로의 클릭드 친구가 되었던 것도, 우후! 하고 재촉하는 알림음에 셀카를 찍던 것도, 네 앱이 최고라고 외치던 친구들의 눈망울도 차례차례 떠올랐다.

"아니요, 정말 최고의 월요일이었어요."

앨리는 컴퓨터 앞을 잠시도 떠나지 않았다. 시간은 빠르게 흘러 어느새 점심시간이 되었다.

"앨리, 지금 그 자리에서 거의 네 시간째 버티고 있는 거 아니?"

슬레이드 선생님이 불렀지만 앨리는 화면에서 눈을 떼지 않았다.

"이제 그만 일어나는 게 어때? 밖으로 나가서 친구들 좀 보고 와. 뭐 좀 먹고."

"저, 배 안 고파요."

그때 앨리의 배에서 꼬르륵 소리가 났다.

"어서, 지금 당장."

선생님은 앨리의 등 뒤로 다가와 마우스를 슬쩍 가로챘다. 앨리는 크게 한숨을 쉬며 마지못해 일어났다.

"알겠어요. 십 분 안에 올게요."

앨리는 서둘러 급식실로 향했다. 아이들을 피하려면 조금 돌아가야 했다. 그래도 누군가와 마주칠 때면 가까운 화장실로 숨거나 벽 쪽으로 슬쩍 돌아섰다. 결국 평소보다 더 늦게 급식실에 도착했다.

식판을 들고 줄을 선 뒤에도 아이들의 눈에 띄지 않기를 바라며 고개를 푹 숙였다. 한시라도 빨리 컴퓨터실로 돌아가고 싶었다. 헤드폰을 쓰고 코드에만 집중할 수 있는 그곳으로.

결국 샌드위치만 챙겨서 부랴부랴 컴퓨터실로 돌아왔다. 문을 열자 슬레이드 선생님의 책상 옆에 네이선이 서 있었다.

"네이선한테 무슨 일이 생겼는지 이야기해 주던 참이야."

앨리는 입술을 꽉 깨물었다.

"너, 알고 있었어?"

"뭘 말이야?"

"클릭픽 연결을 끊으면 순위판이 비는 거."

"아니, 당연히 몰랐지."

"테스트해 봤다고 했잖아."

"했어. 그런데 테스트는 너도 했잖아."

"난 클릭픽 연결이 완전히 끊어지는지만 확인했어. 넌 순위판 연결도 몇 번이나 테스트해 봤다고 했고, 난 그 말을 그대로 믿었어."

"테스트할 때는 아무 문제 없었어."

앨리는 얼굴을 잔뜩 일그러뜨리며 네이선에게 고함을 질렀다.

"그럼 도대체 내 앱이 왜 저러는 건데?"

"일부러 그런 거 아니야."

"그 말을 어떻게 믿어?"

"의심이 가는 상황이라는 건 알지만, 난……."

"왜인 줄 알아? 넌 나한테 진다는 걸 상상도 하기 싫었던 거야."

앨리는 선생님을 향해 돌아섰다.

"전 네이선을 믿었어요. 네이선도 절 믿었고요. 단지 전 네이선을 실망시키지 않았을 뿐이에요. 참, 그건 그렇고 네 철물점은 잘 돌아가? 이제 다들 페인트값을 내고 있어?"

앨리가 빈정거리자 네이선이 고개를 떨구며 우물거렸다.

"난 도와주려고 했던 거야."

네이선도 억울하다는 듯이 선생님에게 말했다.

"앨리의 코드를 몇 시간이나 점검했어요. 수요일 밤에도 테스트했고, 컴퓨터실에 와서도 했어요. 두 군데에서 다 아무 문제가 없었고요."

앨리가 불쑥 끼어들었다.

"그런데 사실은 문제가 없었던 게 아니었어요."

선생님이 진지한 표정으로 물었다.

"앨리, 넌 정말 네이선이 고의로 네 앱을 망쳤다고 생각하니?"

지난 몇 년 동안 앨리의 마음에 쌓인 분노와 좌절감이 부글부글 끓고 있었다. 이제껏 네이선에게 수도 없이 졌다. 그럴 때마다 의기양양한 네이선의 표정을 무력하게 지켜봐야만 했다. 이번에야말로 다를 거라고 생각했는데, 결국 일이 이렇게 되고 말았다. 더욱 깊은 절망감이 몰려왔다.

"모르겠어요. 그렇지만 생애 최대 규모의 게임 대회가 24시간도 채 남지 않았어요. 그 사실은 무시하기 힘들죠. 안 그래, 네이선?"

잠자코 비난을 듣고만 있지는 않겠다는 듯이 네이선이 고개를 세차게 저었다.

"마지막 줄 코드, 내가 말한 대로 정확히 고쳤어? 거기가 순위판에 다른 데이터를 연동하는 코드잖아."

앨리는 네이선을 쳐다보지도 않고 대꾸했다.

"당연하지."

선생님이 재차 물었다.

"네이선이 말한 그대로 했다고? 그것 말고는 아무것도 건드리지 않은 거야?"

"네."

네이선이 끼어들었다.

"틀림없이 뭘 빠뜨렸을 거야."

"안 빠뜨렸어."

"내가 너한테 준 인쇄물 지금 어디에 있어?"

"내 가방에."

"좋아, 내가 지금 도와줄 테니 가져와 봐."

앨리는 코웃음을 쳤다.

"지금 장난해? 내 코드 근처에 얼씬거릴 생각도 하지 마!"

네이선은 억울하다는 표정이었지만 앨리는 아랑곳하지 않았다.

"그럼, 이만 가 볼게요. 할 일은 많고 시간은 없어서 말이죠."

앨리는 아이라 앞으로 성큼성큼 다가가서 앉은 뒤 헤드폰을 머리에 쓰고선 음량을 최대치로 올렸다.

5교시가 시작될 즈음, 슬레이드 선생님이 앨리 옆으로 다가와 앉았다.

"어떻게 돼 가니?"

앨리는 고개를 들어 벽시계를 쳐다보았다. 6교시 이전에 코드 수정을 마치고 컴퓨터반 친구들을 대상으로 새로운 데이터베이스를 구축하기에는 이미 늦어 버린 것 같았다.

"마지막으로 한 테스트는 실패했어요. 또 다른 아이디어가 있긴 하지만 테스트를 다시 해 봐야 하고요."

"괜찮아. 클릭드를 실행해 줄 아이들은 학교 끝나기 전에만 찾으면 돼. 아이들이 한자리에 모일 일이 또 없을까?"

앨리는 곰곰이 생각해 보았다. 에마와 조, 매디가 방과 후까지 앨리를 기다려 준다 해도 순위판의 친구는 고작 세 명뿐이었다. 축구팀 친구들은 일요일 시합 전에는 볼 일이 없었다. 운동장에서 순위판 파티를 열 수도 있겠지만, 그건 위험 부담이 너무 컸다. 게다가 그렇게 늦게까지 학교에 남아 있고 싶지도 않았다. 조금이라도 빨리 집에 가고 싶었다.

그때 앨리의 머릿속에 불빛이 반짝 일었다. 버스! 바로 그거였다.

"스쿨버스에 아이들이 한 서른 명 정도 타요. 전부 다 클릭드에 가입했으니까 데이터베이스도 있고요."

선생님이 활짝 웃으며 앨리의 손등을 토닥였다.

"아주 좋아. 기특한 녀석!"

선생님은 교단으로 돌아가 5교시 수업을 시작했다.

6교시가 끝날 때까지 앨리는 코드 수정 작업에 몰두했다. 7교시가 막 시작할 즈음에는 테스트를 모두 끝마치고 업데이트만 남겨 두고 있었다. 마지막으로 작업 내용을 확인하면서 실수가 없는지 꼼꼼히 살폈다. 그러고 나서 버스에 타는 아이들의 데이터를 활성화했다.

모든 것이 제대로 되었다면 집으로 가는 버스 안에 블룹 소리가 요란하게 터질 터였다. 순위판이 가득 차는 것은 시간문제였다. 앨리에게는 조가 1위를 차지하겠지. 마커스가 6위고, 페니는 8위가 되면서 모두가 원래 자리를 찾을 것이다.

7교시가 끝나는 종이 울리기 직전에 선생님이 앨리 옆으로 다가왔다.

"이제 업데이트 알림을 보내려고요."

앨리는 차마 보내기 버튼을 클릭할 수가 없었다. 뭐라도 놓친 것이 있을까 봐 코드를 뚫어져라 쳐다보았다.

"앨리, 네 자신을 좀 자랑스러워해도 좋을 것 같구나."

"그럴게요. 이번에 잘 되면요."

"그래야지. 만에 하나 잘 안 된다고 해도 자랑스러워해야 해."

앨리는 머리카락을 손으로 쓸어 넘겼다. 온종일 곱씹던 질문이 있었다. 입 밖으로 내뱉고 싶지는 않았지만 선택의 여지가 없었다.

"선생님, 만약에요. 이번에도 문제가 생기면 어쩌죠? 대회는 포기해야 할까요?"

선생님은 앨리의 눈을 잠자코 바라보다가 고개를 끄덕였다.

"아쉽지만 그래야겠지. 그래도 좋은 세상을 위한 게임 전시 부스에는 참가할 수 있을 거야."

앨리는 책상 위에 엎드렸다. 발표에만 신경을 쓰느라 전시 부스를 까맣게 잊고 있었다. 가슴이 조여드는 것만 같았다.

선생님은 앨리의 공책에 휴대폰 번호를 휘갈겨 쓰고는 아무 때나 연락하라고 말했다. 앨리는 숨을 깊이 들이마시고는 업데이트를 클릭한 뒤 스쿨버스에 타는 아이들의 데이터를 활성화했다.

포기하는 건 질색이야

사용자
1

수업 시간이 끝나자마자 부리나케 교무실로 달려가 보니, 입구에 교장 선생님이 약속한 대로 포스트잇이 붙은 서류 봉투가 기다리고 있었다. 오늘 수업을 빼먹은 대신에 해야 하는 숙제였다.

앨리는 봉투를 열어서 숙제를 확인한 다음, 사물함으로 달려가 필요한 교과서들을 챙겼다. 그러고는 버스 승차장으로 뛰어가면서 조에게 문자를 보냈다.

앨리

나 좀 도와줘! 승차장 옆 잔디밭에서 만나.

오늘은 학교 분위기가 사뭇 달라져 있었다. 복도를 내달리는 아이도, 친구를 찾아서 헤매는 아이도 없었다. 휴대폰을 나란히 갖다 대는 아이도, 순위판에 새로운 친구가 올라왔다고 환호성을 지르는 아이도 없었다. 사이좋게 빰을 맞대고 클릭픽을 찍지도 않았다. 그리고 어디에서도 블룹 소리가 들리지 않았다.

앨리는 침울한 표정으로 아이들 사이를 지나쳤다. 클릭드가 어떻게 된 거냐는 질문은 못 들은 척했다. 국기 게양대를 끼고 돌자 멀리에서 조가 보였다. 앨리는 용수철이 튕기듯이 조에게 달려가, 클릭드의 오류를 수정한 뒤 코드를 다시 짰다고 설명했다.

"이제 제대로 작동하고 있어. 그런데 앞으로 버스를 타고 가는 삼십 분이 내 마지막 기회야. 그사이에 내일 대회에서 선보일 순위판을 다 채워야 해."

"그래, 알았어. 이제 내가 어떻게 하면 돼?"

앨리는 조를 덥석 껴안았다.

"우선 클릭드를 켜 줘."

조는 버스를 향해 걸으면서 휴대폰의 화면을 부지런히 눌렀다. 계단을 다 올라갈 즈음에는 앨리의 휴대폰이 블룹, 블룹, 블룹 울렸다. 조의 휴대폰도 같은 소리를 냈다. 두 사람은 빙긋 웃으며 휴대폰을 나란히 맞대었다. 곧장 순위판이 떴다. 역시 앨리에게 조는 1위였다.

앨리는 운전석 옆에 섰다. 버스의 좌석은 거의 다 차 있었다. 아이들은 자리에 앉아 왁자지껄 떠드느라 바빴다.

"얘들아, 안녕! 잠깐만 내 얘기 좀 들어 줄래?"

웅성거리는 목소리가 점차 가라앉더니 모두의 시선이 앨리에게 쏠렸다.

"그러니까 저기……, 나 좀 도와줄래? 방금 클릭드 업데이트 알림을 보냈거든. 모두에게는 아니고, 이 버스에 타는 사람들한테만 보냈어."

앨리는 사진 기능에 오류가 있었다는 것, 오류를 수정하는 과정에서 순위판이 날아가 버렸다는 것, 그래서 처음부터 코드를 새로 짤 수밖에 없었던 것 등 그간의 사정을 간략하게 설명했다.

"내일 열릴 게임 대회에 나가려면 실제로 작동되는 순위판이 필요해. 사용자는 적어도 스무 명은 있어야 하고. 그래서 너희의 도움이 꼭 필요한 거야. 너희가 새로운 버전의 시험 사용자가 되어 줬으면 좋겠어. 아직 다른 친구들을 초대하지 말고. 어차피 다른 애들은 클릭드에 들어오지 못할 거야."

앨리는 버스를 휘둘러보았다. 눈을 마주쳐 오는 아이들이 몇 명 있었다. 그 아이들에게 희망을 걸고 미소를 지으며 물었다.

"나 좀 도와줄래?"

뒷자리에서 누군가 알겠다고 외치자 여기저기에서 자원하는 아이들의 대답이 들려왔다. 언제나처럼 세 번째 줄에 앉아 있던 앨리의 6위, 마커스가 물었다.

"우리가 뭘 하면 돼?"

"우선 클릭드를 실행해 줘. 아마 업데이트 버전을 설치하라는 알림이 뜰 거야."

마커스를 비롯해 버스 안의 다른 아이들은 휴대폰을 들고 클릭드를 실행했다. 앨리는 조와 함께 자리로 걸어가 앉았다. 버스에 새로운 아이가 들어올 때마다 옆자리에서 누군가 상황을 설명해 주었다. 얼마 안 가서 버스 안의 모든 아이들이 클릭드 업데이트를 끝냈다. 여기저기서 블룹 소리가 울리고 화면이 깜박이기 시작했다. 아이들은 서로 휴대폰을 나란히 맞대고 눈빛을 주고받으며 순위판을 지켜보았다.

버스가 승차장에서 출발하기도 전에 앨리의 순위판은 반 이상 찼다. 조의 순위판도 마찬가지였다. 버스 안의 분위기가 점점 고조되었다. 아이들은 서로의 순위판을 구경하면서 신나게 웃고 떠들었다. 우후! 알림음이 사라진 것이나 클릭픽 기능이 삭제된 것에 신경 쓰는 아이는 다행히도 별로 없는 것 같았다.

조가 씩 웃었다.

"앨리, 해냈구나!"

앨리는 좌석 등받이에 깊숙이 기대앉으며 안도의 한숨을 내쉬었다. 눈을 감고 사방에서 울리는 블룹 소리에 귀를 기울였다. 어디선가 환호성이 터져 나왔다. 새삼 신기한 기분이 들었다. 한 번에 사십오 분씩, 하루에 두 번이나 같은 공간에 머물면서도 지금껏 서로에게 데면데면했던 아이들이 이제는 모두 친구가 되었다. 클릭드 덕분이었다. 그리고 그건 심사위원들이 바라는 이야기 그 자체였다.

앨리는 자리에서 일어나 사진을 찍기 시작했다. 이 순간의 에너지를 반드시 담고 싶었다. 지금 느끼는 이 감정과 아이들의 에너지를 대회에서 발표할 이야기로 엮을 수 있을 터였다.

그때 버스 뒤편에서 어리둥절해하는 목소리가 들려왔다.

"어? 이거, 왜 이러지?"

앨리는 얼른 자신의 휴대폰을 내려다보았다. 클릭드가 갑자기 종료되어 버렸다.

"얘들아, 다시 실행해 봐!"

클릭드 아이콘을 누르자 앱이 실행되면서 프로필이 떴지만 몇 초간 아무 변화가 나타나지 않았다. 진동이든 소리든, 뭐가 됐든지 울려야만 했지만 아무 소리도 들리지 않았다. 화면도 깜빡이지 않았고, 사진 힌트도 없었으며, 순위판도 나타나지 않았다.

앨리는 다시 한 번 클릭드 아이콘을 눌렀다. 프로필과 순위판이 열렸지만, 순위판을 누르는 순간 앱이 종료되어 버렸다.

"안 돼……."

전원을 껐다가 켜서 클릭드를 실행해 보았지만, 이번에는 프로필도 열리지 않은 채 종료되어 버렸다. 비명을 지르며 눈물을 한 바가지 쏟고 싶은 심정이었다. 뭐라도 세게 한 대 치고 싶었다.

조가 앨리를 안심시키려는 듯이 다독였다.

"괜찮아. 고칠 수 있어. 순위판도 다 찼고, 사용자도 서른두 명이나 되잖아."

앨리는 차마 입이 떨어지지 않아서 버스가 집 앞에 도착할 때까지 한마디도 하지 않았다. 버스에서 내리려고 일어서는데, 조가 양손으로 앨리의 얼굴을 감쌌다.

"일단 집에 가서 뭐든 해 봐. 그러면 뭐가 문제인지 금방 알아낼 거야. 알겠지?"

조가 얼굴을 어찌나 세게 감쌌던지, 앨리는 웃음을 지어 보일 수조차 없었다.

"고치자마자 나한테 문자 보내."

조는 그제야 앨리를 놓아주었다. 앨리는 조에게 인사를 하고 서둘러 통로로 나왔다. 옆을 지날 때 마커스가 말했다.

"3위, 유감이야. 힘내."

앨리는 한숨을 훅 내쉬었다.

"고마워, 6위."

엄마가 손끝으로 탁자를 톡톡 두드렸다.

"앨리, 그 요란한 휴대폰 좀 어떻게 할 수 없니?"

부르르르, 부르르르르. 저녁 내내 문자가 끊임없이 들어오고 있었다. 내용은 다 비슷했다.

클릭드가 안 되는 거 알았어?

아까부터 계속 안 들어가져!

앨리, 고치는 중이야? 언제부터 될까?

앨리는 휴대폰 전원을 끈 뒤 싱크대 옆 조리대에 내려놓았다. 휴대폰 소리도 듣기 싫고, 문자 메시지도 보기 싫었다. 페페로니 피자 한 조각을 접시에 덜었다. 보가 평소처럼 발치에 자리를 잡고 앉자, 앨리는 두 발끝을 보의 보드라운 털 속에 묻었다. 보처럼 식탁 아래로 숨어 버릴 수 있다면 참 좋을 텐데……. 그곳은 아주 안전하고 평온해 보였다.

아빠가 고개를 갸웃하며 물었다.

"앨리, 괜찮니?"

앨리가 고개를 젓자 아빠가 한마디 덧붙였다.

"엄마 아빠한테 다 털어놓으면, 마음이 좀 편해질지도 몰라."

앨리는 피자를 크게 한 입 베어 문 다음에 우유를 들이켰다.

"지금 필요한 건 얘기가 아니라 작동하는 앱이에요. 혹시 그런 앱 없을까요?"

앨리의 냉소적인 대답에 엄마 아빠는 아무 말도 하지 못했다.

'어쩌면 작동이 되는 앱이 있어도 소용없을지 몰라. 어차피 처음부터 난 그 자리에 설 자격이 없었는지도 모르니까.'

결코 인정하고 싶지 않았지만 클릭드는 처참하게 실패했다. 학교 여기저기에서 볼썽사나운 싸움을 일으켰고, 미안하다는 사과로 수습이 가능한지조차 의심스러운 방식으로 아이들에게 망신을 주었다. 그리고 에마와의 우정을 망쳐 버리다시피 했다. 앨리는 좋은 세상을 위한 게임 대회에 참석할 자격이 없다는 생각이 들었다.

엄마가 조심스럽게 입을 열었다.

"엄마하고 아빠가 도와줄 수 있는 게 없을까?"

앨리는 피자를 우물거리며 생각했다.

"모르겠어요. 있을지도 모르죠. 지금부터 왜 앱이 충돌하는지를 알아내야 하는데……."

앨리가 말끝을 흐리자 아빠가 짐짓 쾌활하게 말했다.

“어쩌면 이제 거의 다 온 건지도 몰라. 큰 문제는 해결했다며? 그렇지? 버스에서는 작동했으니까. 안정성 문제가 좀 있는 정도일 거야.”

앨리는 대꾸도 하지 않고 피자를 가만히 바라보았다. 지금부터 다시 방으로 올라가서 책상에 앉아 그 끝나지 않는 코드를 수정해야만 했다. 코드라면 이제 쳐다보는 것조차 지긋지긋했다. 평소의 금요일 저녁처럼 엄마 아빠와 텔레비전 앞에 앉아서 팝콘이나 먹으며 영화를 보고 싶은 마음이 굴뚝같았다. ‘팝콘’ 생각에 이르자, 컴퓨터실에서 보낸 일주일이 새삼스레 떠오르면서 네이선이 생각났다. 화가 울컥 치밀었다.

엄마가 앨리의 잔에 우유를 채워 주며 물었다.

“혹시 만일의 사태를 대비한 플랜 B 같은 건 없어?”

“없어요.”

클릭드의 오류를 해결하지 못하면 대회에 출전할 수가 없었다.

“코드가 작동을 안 하는데 어떻게 대회에 나가요?”

“하지만 대회 당일 전시 부스에서 시험판을 시연해야 하니까 대회장에는 가야 해.”

또 전시 부스 얘기였다.

“그럴 일 없어요. 만약 오늘 안에 클릭드를 못 고치면 전시 부스에도 안 나갈 거예요.”

앨리가 집어 들었던 피자를 도로 내려놓으며 덧붙였다.

“전 안 가요. 절대로요.”

제대로 돌아가는 근사한 앱도 없이 전시 부스에 멀뚱히 서 있어야 하다니……. 생각만으로도 토할 것같이 속이 안 좋았다.

"글쎄, 대회에는 참가하지 못해도 부스에는 가 있어야지."

"엄마, 거기서 제가 뭘 할 수 있겠어요? 방문객에게 앱에 오류가 생겼으니 스크린샷을 보라고 하면서 옆에 멍 때리고 서 있어요? 사람들은 게임을 구경하러 오는 거예요. 그 사람들에게 보여 줄 앱이 없으면 못 가는 거라고요."

이번엔 아빠가 나섰다.

"그렇다면 앱을 만들 때 이야기를 해 주면 되잖아."

"그런 이야기에는 아무도 관심 없어요."

식탁 위에 침묵이 내려앉았다. 모두 한참 동안 말이 없었다.

앨리가 자리에서 일어서려는데 아빠가 불쑥 말했다.

"네가 지난주 캠프에서 클릭드를 시연했을 때, 아빠는 어느 대목이 제일 좋았는지 아니?"

앨리는 투표 앱을 떠올렸다. 강당 반대편에 있던 두 사람이 불빛이 깜박이는 휴대폰을 들고 서로에게 손을 흔들던 모습과 코트니가 무대로 나와 주던 순간이 생각났다.

"제가 안 망친 대목이요?"

아빠는 앨리의 비꼬는 듯한 말을 귓등으로 넘겼다.

"네가 대학교 컴퓨터실에서 캠프 친구들하고 찍었다는 사진을 보여 줄 때가 좋았어. 너희가 어떻게 친구가 되었는지 이야기했잖아."

아빠가 앨리 쪽으로 몸을 기울이며 조곤조곤 설명했다.

"강당의 다른 관객들도 앱보다는 네가 한 이야기에 더 공감했을 거야. 낯선 사람들한테 둘러싸였을 때 얼마나 걱정을 했는지, 코드걸스 친구들이 클릭드가 없었다면 절대로 알 수 없었을 상대방의 마음을 어떻게 하나씩 알아 가게 되었는지……. 그게 네 발표의 한 방이었어. 네가 털어놓은 이야기들이 말이야."

앨리에게는 자못 솔깃한 말이었다.

"제 이야기가 정말로 그렇게 좋았어요?"

엄마는 아빠의 의견에 동의하며 고개를 크게 끄덕였다.

앨리는 곰곰이 생각해 보았다. 아이들의 사진이라면 충분히 갖고 있었다. 친구가 된 성공 사례 또한 많았다. 발표에는 원래부터 클릭픽을 많이 쓰려고 했다. 슬라이드 쇼에 사진을 넣는 것은 그리 오래 걸리지 않을 터였다.

엄마가 앨리의 심경 변화를 눈치채고 힘을 실어 주었다.

"플랜 B이긴 하지만, 아무것도 없는 것보다는 확실히 나을 거야."

포기하는 건 딱 질색이었다. 적어도 아직까지는 그러고 싶은 생각이 전혀 없었다. 만약에 오류를 찾지 못해서 클릭드를 시연하지 못한다고 해도, 부스를 찾은 방문객들에게 보여 줄 것이 있었다. 게다가 슬레이드 선생님은 앨리가 앱을 고치든 못 고치든, 대회에 참석할 거라고 믿고 있었다. 선생님을 실망시키고 싶지 않았다.

"그럼 저는 올라가서 하던 거 마저 끝낼게요."

앨리는 피자를 한 조각 더 챙긴 다음, 보와 함께 터벅터벅 계단을 올라갔다. 그리고 처음부터 다시 시작했다. 컴퓨터 앞에 앉아서 코드를 수정하고 점검했지만 연거푸 실패했다. 아주 사소한 부분까지 샅샅이 확인하며 앱이 충돌하는 이유를 찾으려 애썼다.

"내가 뭘 놓친 걸까?"

앨리는 스크롤을 내려 위에서부터 데이터 간 연동 관계를 하나도 빼놓지 않고 살펴보았다. 자정이 막 지난 무렵에야 뭔가를 찾은 듯했다. 어떤 이유에서인지는 몰라도 어떤 코드가 같은 데이터를 두 번씩 요청하고 있었다. 앨리는 문제가 되는 코드를 삭제했다. 테스트를 하려다가 그만두었다. 어차피 깨어 있을 사용자가 거의 없을 테니 이 시각에 테스트하는 건 별 의미가 없었다.

'이게 마지막이야.'

앨리는 프로그램을 실행한 뒤 숨죽인 채 기다렸다. 잠시 후 휴대폰을 집어 들어 클릭드 아이콘을 눌렀다. 클릭드가 제대로 열렸다. 앨리는 프로필을 빤히 쳐다보았다.

"된다."

앨리가 중얼거리는 소리를 들은 보가 벌떡 일어서서 세차게 꼬리를 흔들었다.

"되고 있어."

클릭드가 정말로 작동하고 있었다.

앨리는 순위판을 클릭하고 마음의 준비를 했다. 곧장 앱이 종료될지도 몰랐기 때문이다. 그러나 앱은 닫히지 않았다. 조의 프로필을 비롯해 버스에서 친구가 된 아이들의 프로필을 클릭해 보았다. 이윽고 마커스의 프로필을 클릭하려는데, 갑자기 화면이 까맣게 변했다.

"안 돼……."

앨리는 신음 소리를 뱉으며 무너지듯이 바닥에 주저앉았다. 휴대폰과 코드를 번갈아 가며 쳐다보았다. 더는 어찌해 볼 도리가 없었다. 눈물이 가득 차오른 눈으로 시계를 보았다. 12시 24분이었다.

앨리는 눈물을 줄줄 흘리며 슬레이드 선생님에게 문자를 보냈다.

앨리

대회 참가자 명단에서 제 이름을 빼 주세요.

좋은 세상을 위한 게임 대회

앨리는 부모님과 함께 에스컬레이터 앞에 서서 아래쪽에 펼쳐진 행사장을 내려다보았다.

"우아, 굉장한걸!"

아빠가 감탄했다.

앨리는 아무 말 없이 좋은 세상을 위한 게임 대회의 전시 부스를 바라보았다. 하얀색과 하늘색으로 장식된 부스는 규모가 제법 컸다. 행사장 한가운데 자리 잡은 데다, 주변의 다른 게임 부스들이 다 어두운 색이어서 그런지 단번에 눈에 띄었다.

엄마가 앨리의 등을 토닥였다.

"기분 괜찮아?"

"네."

사실은 아니었다. 아까부터 눈물이 나오려는 걸 가까스로 참고 있었다. 어떻게 하면 울지 않고 하루를 버틸 수 있을지 막막하기만 했다.

아빠가 앨리의 등을 어루만졌다.

"오늘이 네가 기대했던 모습과 다른 건 알지만, 그래도 아빠하고 엄마는 우리 딸이 무척 자랑스러워. 알지?"

앨리는 두 눈을 질끈 감으며 고개를 빠르게 끄덕였다. 괜스레 머리카락을 손가락에 빙빙 감아 돌리며 다시 한 번 부스를 내려다보았다. 저 안에 클릭드 로고가 붙은 작은 부스가 있을 터였다.

"어서 내려가서 사람들한테 네 앱을 소개해 줘. 오류 같은 건 더 이상 곱씹지 말고. 대회 출전이니 뭐니, 그런 것도 다 잊어버리고 잘된 것만 기억해. 이제부터 사람들한테 네 이야기를 들려주는 거야."

엄마의 말에 앨리는 또 한번 고개를 끄덕였다.

'그래, 네이선도 지워 버리자. 네이선의 부스 쪽은 쳐다보지도 마. 걔가 저지른 일도 생각하지 말고.'

"네가 기억할 건 사흘 동안 클릭드의 사용자를 1,200명이나 모았다는 거야!"

엄마가 아빠의 말을 정정해 주었다.

"1,200명이라니? 거기에 14명을 더 추가해야지!"

앨리가 씩 웃었다.

"심지어 그중에는 테일러 스위프트도 있었단 말이지."

"그렇지. 거봐, 지금 와서 보니 좋은 얘깃거리가 됐잖아."

엄마는 에스컬레이터가 내려가는 방향으로 앨리를 돌려세웠다.

"재미있는 게 있나 한번 가 볼까?"

앨리 일행은 보안 검색대를 통과해 안으로 들어갔다. 관계자들이 부스를 마지막으로 점검하고 있었다. 공중에 떠 있는 홍보 스크린에는 여러 회사의 다양한 게임 광고가 흘렀다. 앨리가 휴대폰에 내려받은 것도 있었지만, 생전 처음 보는 게임이 더 많았다.

마침내 하얀 양탄자가 깔린 부스로 들어서자 찢어진 청바지에 까만색 컨버스 운동화를 신은 여자가 나타났다. 여자의 티셔츠에 '좋은 세상을 위한 게임 대회 스텝'이라고 쓰여 있었다.

"안녕? 나는 젠이라고 해."

젠은 앨리와 인사를 나눈 뒤 엄마 아빠와도 악수를 하고는 앞장을 섰다. 젠이 안내해 준 부스에 도착한 앨리는 숨이 턱 막히는 것 같았다. 로고 위에 클릭드라는 이름이 커다랗게 찍혀 있었다. 로고를 보자마자 저절로 입꼬리가 올라갔다. 언제 봐도 사랑스러운 그림이었다.

젠은 선반 위의 공구들을 가리키면서 경쾌한 목소리로 설명했다.

"웬만한 건 여기에 다 있을 거야. 케이블, 커넥터, 자판, 터치패드. 더 필요한 게 있으면 언제든지 날 불러. 알겠지? 행사는 사십 분 뒤에 시작해. 또 궁금한 거 있어?"

앨리가 자신이 무대에 오르지 못한다는 것을 알고 있는지 물으려는 순간, 젠이 먼저 한 발짝 다가섰다.

"네 앱, 너무 아깝게 됐어. 그래서 말인데…… 내가 발표장의 객석에 좋은 자리를 잡아 뒀어. 배지가 있으니까 좀 일찍 들어갈 수 있을 거야. 맨 앞줄에서 네 이름이 적힌 의자를 찾아봐. 그리고…… 이런 일 자주 있는 거 알지?"

"그래요?"

"거의 매년 그래. 전시 부스에만 참가하고 정식 대회에는 불참하게 되는 경우가 꼭 있어. 그런데 그런 건 크게 상관없어. 네 앱은 준비가 되는 대로 우리 회사 홈페이지에 올라갈 테니까. 게다가 엄청나게 많은 사람한테 앱을 설명할 수 있는 기회니까 오늘을 마음껏 즐겨. 네 힘으로 이 자리를 차지했잖아."

젠이 클릭드의 로고를 가리켰다.

"네 앱, 빨리 해 보고 싶다. 굉장하다고 하던데."

"굉장하고말고요."

뒤에서 슬레이드 선생님의 목소리가 들렸다. 앨리가 고개를 돌리자 하늘색 정장 차림에 흰색 셔츠를 받쳐 입은 선생님이 서 있었다. 평소보다 짙게 화장을 한 데다, 어깨에서 구불거리는 머리카락이 꽤 근사해 보였다.

"선생님, 안녕하세요?"

앨리는 속에서 뭔가 울컥하고 올라오는 걸 간신히 삼켰다.

선생님이 다가와 앨리의 손을 꼭 잡았다.

"뭐라고 말해야 할지 모르겠다. 진짜 아쉬워. 그러면서도 네가 대단하다는 생각이 들어."

"제가 대단할 게 뭐 있어요?"

앨리의 목소리가 갈라졌다.

"모든 면에서 대단하지. 생각해 봐. 앱을 잘 설계했지, 일주일 내내

지치지 않고 코드에 파고들었지, 게다가 여기 부스에 와 있잖니? 넌 내가 가르친 학생 중에서 가장 대단한 녀석이야."

앨리는 애써 미소를 지었다. 감사 인사를 하고 싶었지만 도무지 입이 떨어지지 않았다. 조금만 움직여도 눈물이 떨어질 것 같았다.

선생님은 앨리의 손에 작은 상자를 쥐여 주었다.

"이건 내 선물이야."

상자를 열어 보니, 클릭드 로고 모양의 귀걸이가 들어 있었다. 일주일 전, 캠프 발표를 보러 왔을 때 선생님이 하고 있던 것과 똑같은 것이었다. 선생님도 왼쪽 귓불에 같은 귀걸이를 하고 있었다. 오른쪽은 빌트 로고 모양의 귀걸이였다.

"이제 네이선이 어쩌고 있는지 가 봐야겠다. 선생님이 필요하면 언제든지 불러. 알았지?"

앨리는 선생님이 네이선의 전시 부스에 가는 걸 빤히 쳐다보았다. 네이선의 부스는 앨리 부스의 맞은편이었다. 빌트의 로고는 완벽해 보였다. 애니메이션 캐릭터 둘이 알록달록한 집의 양쪽 벽에 기대어 선 가운데, 빌트라는 이름이 집의 지붕이 되어 주었다.

네이선은 카키색 반바지 아래 테니스화를 신고, 위에는 비디오 게임의 원조 격인 아타리의 로고가 떡하니 박힌 까만색 티셔츠를 입고 있었다. 부스의 모니터에는 자그마한 마을이 떠 있었는데, 보도를 따라 늘어선 가로수와 미니어처 자동차들 사이에서 캐릭터들이 벽에 기대어 둔 사다리에 올라서서 망치질을 했다.

그때 네이선과 앨리의 눈이 마주쳤다. 네이선이 손을 흔들어 인사를 했지만, 앨리는 그대로 등을 돌려 슬라이드 쇼를 점검하기 시작했다.

열 시 개관에 맞추어 관람객들이 밀려들자 행사장은 한층 활기를 띠었다. 관람객의 눈길을 끌기 위한 부스끼리의 경쟁도 점점 뜨거워졌다. 휴대폰 형태의 대형 스크린에서 게임이 돌아가고, 극장 상영관 크기의 스크린이 사람들의 시선을 사로잡았다. 한쪽에는 대기하는 줄이 길게 늘어섰다. 관람객이 초록색 천 앞에서 점프를 하면, 사진작가가 그 순간을 포착해 사진을 찍었다. 사진 속 인물은 게임 캐릭터로, 배경은 게임 속 모습으로 변환해 주는 행사였다.

"안녕하세요."

누군가 부르는 소리에 고개를 들어 보니 웬 여자아이 한 명이 앞에서 있었다. 아이는 슬라이드 사진을 물끄러미 보더니 클릭드 로고를 가리켰다.

"언니 앱은 어떤 거예요?"

"클릭드라는 앱이야. 친구를 쉽게 사귈 수 있도록 도와주려고 만들었어."

"재밌겠네요."

앨리는 스크린을 쳐다보았다. 코트니와 찍은 사진이 떠 있었다. 슬라이드 쇼는 천천히 이어졌다. 지난 일주일 동안 아이들이 찍은 사진, 순위판 파티 사진 등 많은 사진들이 차례로 지나갔다. 그중에서 앨리가 가장 좋아하는 것은 개학 첫날, 절친들과 함께 계단 위에서 찍은 사진이었다.

"얘는 내 친구 조라고 해. 이 앱 덕분에 제일 신이 났지."

사진 속의 조는 활짝 웃으며 한쪽 팔을 번쩍 들고 잔디밭을 달리고 있었다. 앨리는 비밀 이야기라도 하듯이 몸을 숙이며 속삭였다.

"이때는 정신줄을 살짝 놓았던 것 같아."

앨리와 여자아이는 함께 웃었다.

다음 사진은 같은 날, 매디가 크리스 오빠와 함께 찍은 클릭픽이었다.

"내 친구 매디는 거의 일 년 동안 짝사랑했던 이 오빠하고 진짜로 친해졌어."

다음은 에마와 앨리가 어깨동무를 한 사진이었다. 앨리는 뭐라고 설명해야 할지 몰라 우물거리다가 조심스럽게 말했다.

"얘도 내 절친이야. 에마라고 하는데……, 사실 내 앱을 썩 좋아하진 않았어. 그렇지만 현실 세계에서 에마하고 나는 진짜 잘 맞는 친구야. 중요한 건 그거지."

그걸 좀 더 일찌감치 깨달았으면 얼마나 좋았을까? 현실 세계에서 에마하고 정말로 잘 맞는다는 것, 그거야말로 가장 중요한 거였는데.

아이가 앨리를 올려다보며 빙그레 웃었다.

"나도 학교에서 코딩으로 게임을 만들었어요. 게임 이름은 '호랑이, 달려!'예요. 호랑이를 좋아하거든요. 언니한테도 보여 주고 싶은데 지금 휴대폰에 없네요."

"어떤 건지 보고 싶은데 아깝게 됐네. 넌 몇 학년이야?"

"4학년이요."

"와! 나도 4학년 때 처음 코딩을 시작했는데."

앨리와 아이는 하이파이브를 했다.

"내 앱의 소스 코드 보여 줄까?"

앨리의 말에 아이의 눈이 반짝 빛났다. 아이는 한 걸음 가까이 다가가서 스크린으로 발돋움했다.

잠시 후 장내에 안내 방송이 울려 퍼졌다.

"알려 드립니다. 제4회 좋은 세상을 위한 게임 대회가 십오 분 뒤, A관에서 열릴 예정입니다."

앨리는 두 눈을 질끈 감았다. 드디어 올 것이 오고야 말았다.

"갈까?"

아빠가 물었지만 앨리는 돌아서지 않았다.

"전 여기에서 기다릴게요."

"앨리……."

앨리는 천천히 고개를 저었다.

"엄마, 전 도저히 못 가겠어요."

아빠가 앨리의 손을 꼭 잡았다.

"엄마 아빠가 너를 위해 준비한 깜짝 선물이 있다면?"

앨리는 눈을 뜨고 행사장 천장에 매달린 게임 로고를 멍하니 올려다보았다. 한숨이 나왔다.

"뭔데요?"

"말해 주면 깜짝 선물이 아니지. 안 그래? 가자."

아빠는 앨리를 데리고 대회장 안으로 들어가서 맨 앞줄로 향했다. 경쾌한 음악이 울려 퍼지고 있었다. 앨리는 고개를 들어 천장에 달린 대형 스크린을 세어 보았다. 모두 열 개의 스크린은 객석 어디에서나 잘 볼 수 있게 여러 방향으로 설치되어 있었다. 엄청나게 넓은 대회장 안의 모든 객석이 중앙의 원형 무대를 향했고, 객석은 이미 관객들로 속속 채워지고 있었다.

얼마 뒤 자리에 도착한 앨리는 입을 쩍 벌렸다. 에마와 조, 그리고 매디가 기다리고 있었던 것이다. 세 사람은 자리에서 벌떡 일어나 앨리를 얼싸안았다.

"여긴 어쩐 일이야? 와 줄 것까지는 없었는데."

조가 외쳤다.

"우리가 온다고 했잖아!"

"그건 내가 대회에 참가하는 걸 보러 온다고 한 거잖아……."

앨리는 더 이상 말을 이을 수가 없어서 말끝을 흐렸다.

"우리가 오고 싶어서 온 거야."

조가 매디의 말에 고개를 끄덕이더니 이내 목을 쭉 빼고 주위를 둘러보았다.

"그래, 이런 덕후들의 파티를 놓칠 수야 없지. 여기 진짜 끝내준다!"

에마는 말없이 앨리를 빤히 쳐다보다가 입을 열었다.

"앨리, 다 내 잘못이야."

"아니야, 무슨 소리야?"

"네 말이 맞았어. 넌 코드를 건드리지 말아야 했어. 내가 너한테 코드를 고치라고 우기지만 않았다면……."

매디가 에마의 말을 잘랐다.

"아니, 이건 내 잘못이야. 앨리에게 처음부터 앱을 공유하자고 한 사람이 나잖아. 넌 대회가 끝날 때까지 기다리려고 했는데……. 그때 네 말을 들었어야 했어."

"매디, 네 잘못이 아니야."

앨리는 다시 에마를 보았다.

"에마, 네 잘못도 아니야. 이건 백 퍼센트 내 잘못이야. 내가 아이들과 클릭드를 공유한 건 네이선의 게임을 보고 괜히 불안해져서야. 경쟁에서 이기고 싶었거든. 무엇보다 클릭드가 개인 사진을 유출하는 걸 알았을 때 곧바로 닫았다면, 지금 나는 무대에 올라가 있을 거야. 사용자가 300명쯤 된 클릭드를 소개할 수 있었겠지. 그런데 지금 나는 여기 객석에서 구경만 해야 해."

앨리는 무대를 물끄러미 바라보았다. 눈물을 참으려면 그러는 수밖에 없었다.

다행히 곧 객석이 어두워지면서 음악 소리가 잦아들었다. 무대 위에 한 줄기 조명이 드리워지더니, 스파이글래스의 최고 경영자 나오미 라이언이 모습을 드러냈다.

"여러분, 환영합니다! 지금부터 청소년 프로그램 개발자를 위한 제4회 좋은 세상을 위한 게임 대회를 시작하겠습니다!"

박수갈채가 수그러들면서 관객들이 자리에 앉자, 나오미 회장은 무대 위를 천천히 걸으며 연설을 이어 갔다.

"제가 스파이글래스를 창립한 이유는 단 하나, 사람들을 즐겁게 해주고 싶다는 것이었습니다. 재미있고 독특하고 세심한 모바일 게임과 앱을 만들고 싶었습니다. 마침내 우리는 그 꿈을 이루었습니다. 이 자리에 모인 많은 협력사가 도와주셨고, 수많은 개발자들이 헌신적으로 노력해 주신 덕분입니다. 그러나 저는 여기에서 멈추고 싶지 않았습니다. 우리는 오늘, 더 큰 목표를 위해 이 자리에 모였습니다. 모두의 재능을 모아서 우리가 발 딛고 선 이 세상을 좀 더 나은 세상으로 만들기 위해서 말이죠."

대회장이 박수와 환호성 소리에 금방이라도 터져 버릴 것 같았다. 나오미 회장은 미소를 띤 채 관객들과 함께 박수를 쳤다. 잠시 후 대회장이 다시 조용해졌다.

"여러분은 오늘 이곳에서 열정이 넘치는 개발자 아홉 명을 만나게 될 것입니다. 최연소 개발자는 중학교 2학년 학생이고, 최연장자라고 해 봐야 이제 열아홉 살입니다. 이들이 만든 게임과 앱은 우리에게 묻습니다. 어떻게 나무를 더 심을 것인가, 어떻게 멸종 위기의 동물을 보호할 것인가, 어떻게 거대한 자연재해에서 살아남을 것인가, 어떻게 빈곤 지역 아이들에게 자전거를 지원할 것인가, 여자아이에게 교육을 금지한 나라에서 어떻게 선생님을 양성할 것인가……."

앨리는 전율을 느꼈다.

나오미 회장은 박수 소리가 잦아들기를 차분히 기다렸다.

"장담컨대, 오늘 이 자리를 떠날 때 여러분들은 통찰과 영감을 얻어 갈 수 있을 것입니다. 또한 비통한 마음을 금할 수 없을 것입니다. 오늘의 우승은 단 한 사람에게만 주어지기 때문입니다. 그래도 지구라는 이 행성의 새로운 희망을 보게 될 것입니다. 오늘 여러분은 지구를 생각하고, 소중히 여기며, 직접 행동하는 세대를 만나게 될 테니까요."

대회장은 다시 한 번 박수갈채로 출렁였다. 나오미 회장은 양팔을 벌리며 무대 한쪽으로 움직였다.

"오늘 대회의 우승자는 상금 5천 달러와 함께, 어디서든 자기 게임을 자랑할 수 있는 권리를 얻게 됩니다."

여기저기에서 키득거리는 웃음소리가 들렸다.

"그렇지만 대회의 진짜 상은 돈이나 자랑할 수 있는 권리 같은 것이 아닙니다. 그보다 더 대단한 것은 협력사들의 강력한 후원입니다."

나오미 회장이 심사위원단을 향해 돌아섰다.

"여기 계신 이분들은 자타가 공인하는 차세대 산업의 사냥꾼들입니다. 이분들 모두, 우승자가 게임과 앱을 시장에 내놓기까지 전폭적인 지원을 아끼지 않을 것입니다. 물론 비용도 아끼지 않으시겠죠?"

심사위원단이 미소를 지으며 고개를 끄덕였다. 객석에서 또다시 박수와 환호성이 터져 나왔다.

"참가자에게 배정된 발표 시간은 6분입니다. 정해진 시간 내에 게임을 시연하고, 또 왜 자신이 우승자가 되어야 하는지 관객들을 설득해 주시기 바랍니다. 자, 여러분! 참가자들을 만나 볼 준비가 되셨습니까?"

음악 소리가 다시 살아났다. 아홉 명의 참가자가 무대 중앙으로 걸어 나왔다. 앨리는 가슴이 무너져 내렸다. 너무나도 서고 싶었던 무대였다. 아빠가 앨리의 마음을 눈치채고는 슬며시 손을 잡아 주었다.

네이선은 당당하게 무대 위에 서 있었다. 후줄근한 반바지와 티셔츠는 던져 버리고 까만 청바지에 하얀 셔츠, 까만 재킷을 갖춰 입은 모습에서 자신감이 넘쳐 흐르고 있었다.

앨리는 아직 화가 다 풀리지 않았지만, 네이선이 실수라도 할까 봐 조마조마했다. 스스로도 이해할 수 없었지만, 내심 네이선이 우승하기를 바라고 있었다.

"발표를 시작하기 전에 개발자 여러분에게 말씀드리고 싶습니다. 여러분 모두 제 마음을 울렸습니다. 제가 심사위원이 아니어서 다행일 정도입니다. 여러분 중에 단 한 사람만 뽑아야 하다니, 상상하는 것조차 힘듭니다. 여러분의 게임과 앱은 모두 백만 달러의 가치가 있을 뿐만 아니라, 수많은 사람들의 삶을 바꿀 잠재력이 있습니다. 자, 그럼 관객 여러분! 자리에서 일어나 큰 박수로 우리 개발자들을 환영해 주십시오!"

관객들이 한꺼번에 일어서면서 우레와 같은 박수갈채가 쏟아졌다. 조명이 다시 어두워졌다. 한껏 들뜬 관객들은 까만 그림자처럼 보였다. 잠시 후, 대회장에 다시 음악이 흐르면서 조명이 밝아졌다. 무대 중앙에 여학생 한 명이 서 있었다. 무대 뒤 스크린에는 파란색 물방울과 함께 '윌스 웨이'라는 단어가 떠 있었다.

"안녕하세요? 로렌 세카테로입니다. 저는 제 앱, 윌스 웨이를 소개하기 위해 이 자리에 섰습니다. 이 앱의 목표는 저개발 국가에 맑은 물을 공급하는 것입니다. 그럼, 지금부터 윌을 소개하겠습니다."

로렌이 자랑스럽게 애니메이션 물방울을 가리켰다. 커다란 눈망울이 달린 물방울이 밝게 웃고 있었다.

"윌(Wil)의 이름은 '물은 생명(Water Is Life)'이라는 뜻입니다. '뜻이 있는 곳에 길이 있다.(Where there is a will, there is a way.)'라는 문구에서 아이디어를 얻은 이름이기도 합니다."

앱을 실행하자 윌이 스크린 바닥 면을 따라 통통 튀기 시작했다. 로렌이 휴대폰을 위아래와 옆으로 흔들 때마다 윌은 계속해서 방향을 바꾸며 튀었다. 경사면을 지나고, 흙무더기와 배수로 같은 장애물을 피하며 앞으로 나아갔다. 스크린 위쪽의 빈 유리컵에 도착하면 다음 단계로 넘어가는 방식이었다. 네이선의 빌트에 비하면 훨씬 단순했지만, 앨리는 로렌의 앱이 마음에 쏙 들었다. 잠시 후 발표가 끝나자 우렁찬 박수가 쏟아졌다.

그 뒤로 세 사람의 발표가 더 이어진 후, 마침내 네이선이 무대에 올랐다. 무대 뒤 스크린이 밝아지면서 세심하게 설계한 마을이 나타났다. 망치를 든 캐릭터들이 이리저리 움직이다가 사다리를 타고 올라가서 지붕에 망치질을 하기 시작했다.

"저는 작년에 객석에 앉아서 대회를 보았습니다. 그때 제 머릿속에는 딱 한 가지 생각만이 가득했습니다. 내년에는 나도 저 무대에 서서 내 앱을 시연하고 싶다. 그리고 저는 지금 이 자리에 서 있습니다. 빌트를 소개할 기회를 주셔서 진심으로 감사드립니다."

네이선은 빌트의 마을을 소개하면서 집이 필요한 사람들에게 집을 지어 준다는 앱의 취지를 설명했다. 곧이어 작은 캐릭터가 망치를 들고 사다리를 올라가는 동작을 시연해 보이자 객석에서 웃음이 터졌다. 네이선은 캐릭터의 활동에 따라 포인트가 쌓이는 시스템을 보여 주면서 철물점의 역할을 설명했다. 각각의 캐릭터가 이웃에게 착한 일을 할 때마다 포인트가 쌓이고, 그 포인트는 못과 나사, 목재나 페인트를 사는 데 쓰였다. 마지막으로 마을을 줌 인해서 관객들에게 도로명과 간판들을 보여 주었다. 협찬이 이루어지는 방식을 설명할 차례였다.

"원리는 간단합니다. 동네에 집이 한 채 지어질 때마다 협찬사에서 해비타트에 실제로 1달러를 기부합니다. 그렇습니다. 단돈 1달러입니다. 그런데 작년 한 해 동안 빌트에는 이 조그마한 집이 1,000채도 넘게 생겼습니다. 집을 지은 사람은 저 하나뿐이었는데도 말이죠. 협찬사가 있었다면 해비타트에 1천 달러가 기부되었을 겁니다. 만약 우리에게 협찬사가 스무 곳, 아니 서른 곳이 생긴다면 어떨까요? 그 협찬사들이 돌아가면서 1달러씩 기부한다면, 그리고 게임의 사용자가 수천, 아니 수백만 명으로 늘어난다면 이 세상에 진짜 집이 몇 채나 지어질까요? 협찬사가 많아지고 게임을 하는 사람의 수가 늘어날수록, 우리는 적은 투자로도 엄청난 결과를 만들어 낼 것입니다."

네이선은 무대에서 한 걸음 물러섰다.

"귀중한 시간을 내어 제 발표에 귀 기울여 주셔서 감사합니다. 지금까지 게임 앱으로 세상을 바꿀 수 있다고 믿는, 빌트의 개발자 네이선 프레데릭슨이었습니다."

네이선은 빌트의 아이콘을 클로즈업하며 발표를 마쳤다.

그 순간, 앨리와 네이선의 눈이 마주쳤다. 네이선이 밝게 웃으며 입 모양으로 고맙다고 말했다. 앨리는 그 말이 심사위원이나 다른 관객이 아니라, 자기에게 향하는 거라는 걸 단박에 알아차렸다.

앨리는 네이선의 표정을 고스란히 읽었다. 고맙다는 말에는 진심이 배어 있었고, 아쉬워하는 마음도 있는 듯했지만, 그 어디에도 죄책감은 섞여 있지 않았다.

네이선이 무대에서 내려간 뒤 다음 참가자들이 차례로 발표를 했다. 마지막 발표가 끝나자 경쾌한 음악이 울려 퍼지면서 나오미 회장이 무대로 돌아왔다.

회장이 심사위원단을 바라보며 물었다.

"제 말이 맞죠? 지금 충격이 어마어마하실 텐데요?"

심사위원단이 모두 고개를 끄덕였다.

"모든 게임과 앱이 현실 세계에서 크게 성공하길 바라는 마음은 우리 모두 똑같을 테지만, 그중에서도 여러분의 마음을 가장 많이 흔든 게임이나 앱 하나를 선택해 주시길 바랍니다. 자, 이제 곧 심사위원단이 올해의 우승자를 발표할 것입니다. 그 결과가 관객 여러분의 마음과 다를 수도 있겠지요. 그렇다 해도 여러분이 할 수 있는 일은 얼마든지 있습니다. 오늘 발표된 앱과 게임은 모두 저희 스파이글래스의 홈페이지에 업로드됩니다. 친구들에게 입소문을 많이 내 주세요."

천장에 걸려 있던 대형 스크린들이 밝아지면서 출품된 게임과 앱들이 하나씩 뜨기 시작했다. 앨리는 고개를 들어 스크린을 올려다보았다. 대부분 재미있어 보였지만, 그중에서도 특히 빌트에서 눈을 뗄 수가 없었다.

"우승자가 결정된 것 같군요."

나오미 회장은 짙은 빨간색 바지 정장에 까만색 뿔테 안경을 낀 여성에게 마이크를 넘겨주었다. 대회 참가자들도 모두 무대로 돌아와 뒤편에 나란히 섰다.

“정말 쉽지 않은 결정이었습니다. 일곱 명의 심사위원들의 의견이 좀처럼 일치하지 않았거든요. 좋아하는 게임과 앱이 모두 달랐습니다. 그러나 세 가지씩 꼽았을 때, 모두가 공통적으로 고른 앱이 있었습니다. 디자인이 단순하고 깔끔했으며, 컨셉 또한 독특하면서도 전 연령대의 사용자가 이해하기 쉬웠습니다. 우리가 이 앱을 선택한 이유는, 추구하는 목표가 시기적절한 데다 사용자에게 요구하는 행동이 단순하지만 아주 중요하다고 판단했기 때문입니다. 한마디로 이 앱은 재밌습니다. 물론 그게 다가 아닙니다. 중독성이 있을 만큼 재밌습니다.”

앨리는 더 이상 버티기가 힘들었다. 심장이 어찌나 쿵쾅대는지 금방이라도 입 밖으로 튀어나올 것만 같았다.

“올해의 우승 게임은 바로…….”

앨리는 속으로 중얼거렸다.

‘빌트라고 해. 제발 빌트라고 해!’

“바로 웰스 웨이입니다!”

로렌 세카테로가 손으로 입을 가리며 휘청였다. 제대로 서 있기조차 힘든 것 같았다. 여학생 두 명이 뛰어나와 로렌을 껴안았다. 로렌은 눈물을 펑펑 흘리며 심사위원단을 향해 연신 고맙다고 인사했다. 그런 다음에는 심사위원들과 악수를 나누며 축하 인사를 받았다.

앨리는 네이선을 바라보았다. 네이선은 실망한 기색이었지만, 다른 관객들과 마찬가지로 힘껏 박수를 보내며 환호성을 지르고 있었다.

오해와 화해 사이

앨리는 다시 전시장으로 돌아왔다. 전시장은 부스에서 직접 게임을 해 보기도 하고, 개발자와 이야기를 나누기도 하는 관람객들로 북적이고 있었다. 슬레이드 선생님이 상황을 점검하러 수시로 왔다. 올 때마다 게임 회사 관계자들에게 앨리를 소개해 주었다.

어느새 앨리도 쭈뼛거리던 태도를 훌훌 벗어 버렸다. 비록 시연용 앱은 없었지만, 슬라이드 쇼의 사진만으로도 충분했다. 관람객들에게 친구들을 소개하고, 개학 첫 주에 무슨 일이 있었는지 이야기했다. 처음엔 좋은 면만 얘기하다가 나중엔 클릭드 때문에 벌어졌던 사건들도 편하게 이야기했다.

앨리는 고개를 설레설레 저으며 웃음을 터뜨렸다.

"코드를 아주 사소하게, 살짝만, 미세하게 변경하려다가 이렇게 완전히 망해 버렸답니다. 그래서 무대에서 발표하지 못한 거예요. 그렇지만 클릭드는 수정해서 다시 공개할 예정이니까 조만간 직접 해 보실 수 있어요."

자꾸 말하다 보니 진짜로 그렇게 될 것만 같았다. 가슴을 짓누르던 슬픔과 걱정들이 훌훌 날아갔다.

앨리는 맞은편 부스에서 네이선이 양손을 동원해 빌트에 대해 설명하는 것을 물끄러미 바라보기도 했다. 죄책감이 밀려들었다. 네이선은 자신의 게임을 사랑하고 믿었다. 앨리를 끌어내려야만 자신이 우승할 수 있다고 생각하지 않았다.

관람객이 조금 뜸해지자 앨리는 쭈그려 앉아 물을 마셨다. 립글로스를 찾아 가방을 뒤적거리는데, 스프링 노트가 눈에 띄었다. 그 안에 인쇄물이 끼여 있었다. 네이선에게 받은 코드 인쇄물이었다.

앨리는 인쇄물을 꺼내서 코드를 쭉 훑어보았다. 네이선이 형광펜을 칠해 강조한 코드를 좀 더 신중하게 살폈다. 초록색 형광펜으로 칠한 마지막 코드는 더 꼼꼼히 확인했다. 네이선은 마지막 코드가 순위판을 다른 데이터에 원래대로 연동하는 코드라고 했다. 앨리는 마지막 코드를 뚫어져라 쳐다보았다. 전날 하루 종일 그랬던 것처럼.

부스 주변은 여전히 한산했다. 앨리는 슬라이드 쇼를 배경화면으로 돌리고 브라우저 창을 열었다. 코드걸스 서버로 접속해서 목요일 밤에 수정했던 부분들을 찾았다. 그러고는 인쇄물을 들어 모니터와 나란히 놓고 천천히 대조했다. 네이선이 삭제하라고 한 코드는 정확히 지워져 있었다.

그런데 뭔가 다른 점이 있었다. 인쇄물에는 네이선이 표시한 줄 다음에 한 줄이 더 있었는데, 앨리의 코드에는 그것이 없었다. 인쇄물과 모니터 화면을 몇 번이나 확인했지만 결과는 계속 똑같았다.

목요일 밤의 기억을 더듬어 보았다. 코드를 수정한 건 밤 열두 시가 다 되어 갈 무렵이었다. 건드릴 생각조차 없었던 코드였는데, 아마도 실수로 삭제한 것 같았다. 너무 늦은 시각이어서 무척 피곤했다.

앨리는 마음이 무거웠다. 네이선의 실수가 아닐 거라고 생각하기는 했지만, 이제 확실하게 증거까지 확인한 셈이었다. 네이선이 처음 클릭드 앱을 내려받으면서 보여 준 표정이 떠올랐다. 퀴즈를 풀면서 하던 농담, 프로필 사진을 찍어 달라고 조르던 모습, 그리고 앨리가 자신의 순위판 1위에 오르자 지었던 미소도……. 네이선은 휴대폰을 엎어 놓으며 친구는 한 명으로 충분하다고 했다.

앨리는 인쇄물을 보면서 빠뜨린 코드를 천천히 입력했다. 제대로 입력했는지 확인한 뒤 숨죽인 채 저장했다. 데이터를 새로고침하고는 테스트도 거치지 않고 업데이트했다. 그런 다음, 곧바로 휴대폰에서 클릭드를 실행했다.

프로필은 전날 버스에서 마지막으로 봤을 때와 똑같았다. 어제는 프로필을 확인한 직후 앱이 바로 충돌을 일으켜 강제 종료되었다. 떨리는 손으로 순위판을 누르자 통학 버스를 같이 타는 아이들의 얼굴이 빼곡히 들어와 있었다.

클릭드가 정상적으로 돌아가고 있었다. 앨리는 자신의 눈을 믿을 수가 없었다. 혹시나 충돌을 일으킬까 싶어서 창이란 창은 모두 열어 보왔지만, 아무 문제가 없었다. 사용자 명단으로 들어가 보니 버스 친구들뿐만 아니라 1,200여 개의 이름, 그러니까 원래 있었던 전체 사용자의 이름도 그대로 보였다. 스크롤을 내려서 네이선의 이름을 찾은 뒤 데이터를 활성화했다.

"블룹, 블룹, 블룹."

앨리의 휴대폰 화면에 어린 네이선의 사진이 떴다. 초등학교 5학년 과학 축제 때 코리랑 마크하고 찍은 사진이었다.

맞은편 부스를 힐끗 쳐다보니, 네이선은 등판에 스타더스트 게임 로고가 찍힌 까만색 티셔츠를 입은 사람들에게 둘러싸여 있었다. 네이선도 블룹 소리를 들었는지, 사람들과 이야기하는 도중에 바지 뒷주머니를 만지작거리면서 계속 앨리 쪽을 힐끔거렸다.

네이선은 사람들이 자리를 뜨자마자 휴대폰을 꺼냈다. 화면을 확인하고는 씩 웃으면서 앨리의 부스 쪽으로 다가왔다. 앨리도 휴대폰을 단단히 쥐고 네이선에게 걸어갔다. 두 사람의 거리가 가까워지자 휴대폰도 한층 더 빠르게 깜박였다.

앨리가 멋쩍게 웃으며 인사를 건넸다.

"안녕?"

"안녕! 근데…… 클릭드 고친 것 같네?"

"응."

앨리는 심장이 쿵쾅거렸다. 손에서 땀이 나고 입 안이 바짝바짝 말랐다.

"방금 가방에서 네가 줬던 인쇄물을 찾았거든. 그런데…… 알고 보니까 네가 바꾸라고 했던 코드에서 마지막 줄을 내가 실수로 삭제했나 봐. 너무 바보 같지?"

네이선은 고개를 저었다.

"아니야, 너무 늦은 밤이었잖아. 그럴 땐 실수하기도 쉽고."

"아니, 그거 말고. 아무 잘못도 없는 널 탓했던 거 말이야."

두 사람은 한참 동안 말이 없었다. 네이선이 먼저 입을 열었다.

"너한테 그런 짓 절대로 안 해. 알지?"

"알아, 정말 미안해."

"최악이었어."

"뭐가?"

"객석에 앉아 있는 너를 보는 거. 너도 무대 위에 같이 올랐어야 했는데."

"괜찮아. 너 아까 발표 되게 잘했어. 그래서 나도 좋아. 정말이야."

앨리는 자신의 휴대폰을 네이선에게 내밀었다. 네이선도 빙그레 웃으며 휴대폰을 나란히 갖다 댔다. 두 사람의 휴대폰 화면이 하얗게 변하면서 각자의 순위판이 떴다. 앨리와 네이선은 여전히 서로의 1위였다.

"다시 만나서 반가워."

"동감이야."

앨리는 네이선의 부스 쪽에서 뭔가 심상치 않은 분위기를 감지했다. 스타더스트 티셔츠를 입은 사람들이 아까보다 훨씬 많이 서성이고 있었다. 네이선을 찾는 듯했다.

"무슨 일이지?"

네이선도 돌아서서 자기 부스를 쳐다보았다.

"스타더스트 임원들이야. 빌트가 맘에 들었던 모양이야. 내 발표가 아주 좋았대."

"멋지다!"

"긴급 구조대라는 게임 알아? 작년에 출품한 유기 동물 구조 게임인데……."

앨리도 잘 아는 게임으로 휴대폰에 내려받기까지 했다.

"그 게임이 비록 대회에서 우승은 못 했지만, 스타더스트가 자금을 대서 지금은 온라인 앱스토어 순위권에 있어. 빌트도 그렇게 만들고 싶대."

"진짜?"

"스타더스트 회사 개발실에 자리를 내 주고, 개발자도 몇 명 더 붙여 주겠다고 했어. 마케팅도 자기들이 맡고. 대형 후원사들도 연결해 줄 수 있대. 제대로 뒷받침만 해 주면 빌트가 크게 성공할 수 있다고……."

앨리는 네이선이 너무 덤덤한 것 같았다.

"그거 엄청나게 좋은 소식 아니야?"

"어쩌면? 그런데 먼저 사업성부터 타진하고 싶대. 빌트 다운로드 횟수가 한 달에 2천 회가 넘으면 투자하겠다고 했어."

"2천 회? 별거 아니잖아! 내가 일주일에 사용자를 천 명 넘게 모았는데, 한 달에 2천 명이면 문제도 아니라고."

"너였으니까 한 달에 2천 명을 모을 수 있었던 거야. 빌트는 클릭드처럼 입소문이 날 만한 앱이 아니거든."

"그렇게 만들면 되지!"

순간, 앨리의 머릿속에 좋은 아이디어가 떠올랐다.

예전에 네이선이 클릭드를 내려받으며 물은 적이 있었다.

'이렇게 모은 사용자 데이터로 뭐 할 거야?'

그때만 해도 딱히 대답할 만한 게 없었지만, 이제는 분명하게 할 일이 생겼다.

세상에서 제일 멋진 친구

사용자 1

"앨리, 일어나야지."

무거운 눈꺼풀을 가까스로 들어 올리니, 커튼 틈새로 눈부신 햇살이 쏟아지고 있었다. 앨리는 끄응 소리를 내며 도로 눈을 감았다. 얼굴이 화끈거리고 목덜미가 뻣뻣했다.

"이러고 잔 거야?"

"그런 것 같아요."

앨리는 컴퓨터 자판에 들러붙은 빰을 떼어 냈다.

"이제 나가야 해. 시합 시작까지 한 시간밖에 안 남았어."

하룻밤을 꼬박 새운 뒤였다. 축구는 무리였다.

"오늘 하루만 빠지면 안 돼요?"

"그건 안 되지. 여름 내내 연습에 한 번도 안 나갔잖아. 다른 선수들과 코치 선생님을 실망시켜서야 되겠니?"

앨리는 요란하게 하품을 했다.

"팬케이크 구워 줄 테니까 십 분 내로 내려와."

아빠는 방에서 나가며 방문을 닫았다.

앨리는 컴퓨터 화면을 뚫어져라 쳐다보았다. 눈을 연신 깜박이면서 지난밤에 작업한 코드를 한 줄 한 줄 읽어 나갔다. 전날의 기억이 느릿느릿 돌아왔다. 앨리는 클릭드의 처음 코드로 돌아와서 네이선이 말한 대로 정확하게 수정했다. 첫 번째 테스트는 성공이었다. 용기가 생겨서 내친 김에 한 발 더 나아가기로 했다. 클릭드를 돌려놓는 코드를 짜서 다시 테스트했더니, 이번에도 무사 통과였다.

새벽 세 시 무렵부터는 데이터를 학교별로 나누어 그룹을 새로 만들었다. 사용자를 분류해 머서 중학교와 스타인벡 중학교 학생이 섞이지 않게 했다. 깜빡 잠이 들기 직전에는 사용자들에게 새로운 그룹을 만들지, 기존의 그룹에 남아 있을지 선택권을 주는 기능을 만들었다.

이용 약관도 새로 작성했다. 인스타그램 피드에서 사진을 추출하고 휴대폰 앨범에 클릭픽을 저장하는 방식을 명시한 뒤, 수집된 정보는 상업적으로 판매되지 않지만 연구나 다른 앱의 추천 목적으로 이용될 수 있다는 점을 추가했다.

거의 다 완성해 놓고 잠이 들어 버린 것이 못내 아쉬웠다. 그래도 작업물을 보니 괜스레 뿌듯했다. 앨리는 휴대폰에서 업데이트 버전을 실행한 다음에 창을 하나하나 확인했다. 친구들의 프로필도 열어 보았지만 충돌을 일으키지 않고 멀쩡히 실행되었다.

다음으로 머서 중학교 그룹에서 코드걸스 그룹으로 넘어갔다. 무사히 저장되어 있는 데이터를 확인하자 안심이 되었다. 데이터는 모두 있어야 할 자리에 있었다. 앨리는 머서 중학교 그룹에서 코드걸스 그룹으로, 스타인벡 중학교 그룹에서 머서 중학교 그룹으로 한 바퀴 돌았다. 아무 문제 없었다.

사용자 데이터는 모두 복구되었지만 순위판은 아직 아니었다. 사용자들이 다시금 친구를 찾아야 했다. 하지만 그런 건 아무도 신경 쓰지 않을 것 같았다. 어차피 친구 찾기가 클릭드에서 가장 재미있는 부분이니까. 앨리가 어깨를 실룩이자 보가 다가와 다리에 뺨을 부볐다.

"준비가 다 된 것 같아."

앨리에게는 지난 일들을 곱씹을 시간이 없었다. 더구나 여기서 잘못되어도 밑져야 본전이었다. 재빨리 메시지를 입력한 뒤 받는 사람을 전체 사용자로 설정한 다음, 전송 버튼을 눌렀다.

보안 업데이트 : 설치

그러고는 축구 유니폼으로 얼른 갈아입은 뒤, 아침 식사가 기다리는 아래층으로 내려갔다.

축구장에 도착해 보니 에마가 다른 선수들과 함께 스트레칭을 하고 있었다. 몇 미터 떨어진 곳에서 몸풀기 운동을 하는 매디와 조도 보였다.

앨리가 축구장에 들어서자 휴대폰이 블룹, 하고 울렸다. 앨리는 미소를 지으며 친구들을 향해 발걸음을 재촉했다.

"블룹, 블룹."

이번에는 친구들도 그 소리를 들은 모양인지, 매디와 조가 공을 내버려 두고 가방으로 달려가 휴대폰을 찾았다.

조가 활짝 웃으며 휴대폰을 높이 치켜들었다. 앨리와의 거리가 가까워지자 두 대의 휴대폰이 요란하게 깜박이며 울렸다. 앨리의 휴대폰 화면에 축구부 유니폼을 입고 골키퍼 글러브를 낀 조의 사진이 떴다.

조는 제자리에서 팔짝팔짝 뛰었다.

"된다!"

"응, 돼."

두 사람은 휴대폰을 나란히 댄 다음 하얗게 바뀐 화면의 순위판을 지켜보았다.

"와! 우리 다시 서로의 1위야, 그치? 근데 너 그 표정, 무슨 뜻이야?"

조는 앨리의 뺨이 붉어진 것을 보고 씩 웃었다.

"곧 새로운 1위가 생길 거란 거지? 네이선을 만나면?"

앨리는 어깨를 으쓱하고는 친구들을 둘러보며 말했다.

"너희가 내일 또 한 번 내 홍보 대사가 되어 줬으면 좋겠어."

"당연하지."

매디였다.

"문제없어."

에마가 거들었다.

"물론이야. 그런데 우리가 꼭 필요할까? 다들 얼마나 클릭드를 하고 싫어 했는데."

에마가 조의 얘길 듣더니 팔을 툭 쳤다.

"그렇고말고. 특히 조가 그랬지. 이것 봐, 벌써부터 안절부절못하고 있잖아. 지금 시합 끝날 시간만 기다리고 있을걸? 그래야 클럭드 친구를 찾으러 갈 수 있을 테니까."

조가 눈동자를 굴렸다.

"에마 말이 맞아. 그런 의미에서 우리 시합 끝나고 쇼핑몰 갈래?"

앨리는 친구들에게 자신의 계획을 설명했다. 얼마 지나지 않아 시합 시작을 알리는 호루라기 소리가 울려 퍼졌다. 네 사람은 축구장으로 달려가 각자의 위치에 자리를 잡았다. 곧이어 경기가 시작됐다. 에마가 첫 골을 넣자 모두 우르르 달려가 에마를 얼싸안았다. 쉬는 시간에는 시합 내내 활약한 조에게 환호성을 보냈다.

경기가 중후반에 접어들었을 때, 앨리가 완벽한 찬스를 놓치는 바람에 상대편 선수가 패스를 가로채서 그대로 골로 연결했다. 앨리는 매디에게 곧장 달려가서 어깨에 얼굴을 묻고 칭얼거렸다.

"미안! 나, 오늘 진짜 피곤하거든."

매디는 남은 시간 동안에 최대한 앨리에게 공이 가지 않게 해 주겠다고 약속했다. 상대팀이 또다시 골을 넣자 에마가 기운을 북돋우며 외쳤다.

"괜찮아! 경기는 아직 안 끝났어!"

지난 일주일 동안의 일은 모두 없었던 것 같았다. 네 사람은 예전 그대로였다.

앨리는 시합이 끝난 뒤 친구들과 함께 쇼핑몰에 갔다가 집으로 돌아왔다. 그러고는 오후 내내 회원들의 데이터를 하나하나 확인했다. 정오에는 새로 업데이트한 클릭드를 설치한 사용자가 300명 정도였는데, 두 시가 되자 그 수가 500명을 넘었다. 세 시에는 새 그룹이 속속 생겨나면서 새로운 사용자가 100명 넘게 유입되기 시작했다.

앨리는 친구들이 쇼핑몰 이곳저곳을 돌아다니면서 활약하는 모습이 눈에 보이는 듯했다. 쏟아져 들어오는 클릭픽을 보고 있노라니 저절로 웃음이 새어 나왔다. 친구들이 생전 처음 보는 사람들과 다정하게 웃고 있었다.

네 시경에 앨리는 1,400명에 가까워진 사용자 수를 확인하며 네이선에게 문자를 보냈다.

앨리

지금 뭐 해?

네이선

아무것도 안 하는데, 왜?

앨리

우리 집에 올래? 보여 줄 게 있어.

앨리가 문자로 집 주소를 보낸 지 한 시간 만에 초인종이 울렸다. 쏜살같이 계단을 뛰어 내려가는 사이에 엄마가 먼저 현관문을 열었다.

"안녕하세요? 저는 앨리 친구, 네이선이라고 해요."

네이선은 조금 긴장한 듯했다. 엄마가 안으로 들어오라며 문을 더 활짝 열었다. 네이선의 등장과 함께 주머니 속의 휴대폰이 블룹거리며 울렸다.

"어제 발표 잘 봤어. 네 앱, 정말 좋더라! 축하해."

"고맙습니다."

앨리 엄마는 주방을 가리키며 나중에 저녁도 먹고 가라고 권했다. 네이선은 대답 대신 층계참의 앨리를 올려다보았다. 앨리가 고개를 끄덕이자 그제야 알겠다고 대답했다.

그때 보가 네이선 앞에 가 앉더니 꼬리를 격렬하게 흔들었다. 네이선이 허리를 굽혀 두 손으로 보의 허리께를 쓰다듬었다.

"안녕? 얘는 누구야?"

"세상에서 제일 멋진 우리 개, 이름은 보야."

네이선이 쓰다듬는 걸 멈추고는 앨리를 빤히 쳐다보았다.

"말도 안 돼. 세상에서 제일 멋진 개는 우리 아치거든."

"또 나랑 한판 붙자는 거야? 누구네 개가 세상에서 제일 멋진지?"

"못 붙을 거 없지!"

네이선은 두 손으로 보의 귀를 막았다.

"왜냐하면 아치가 세상에서 제일 멋진 개니까!"

"아니거든."

"맞아, 맞다고."

둘은 팽팽하게 맞서다가 동시에 웃음을 터뜨렸다. 앨리가 네이선에게 계단을 올라오라고 손짓했다. 둘은 정신없이 깜박이고 있는 서로의 휴대폰을 맞대었다.

"너한테 보여 줄 게 있어."

앨리는 네이선을 방으로 데려가 코드걸스 서버의 사용자 데이터를 보여 주었다.

"어제 네 얘기를 듣다 보니까 생각나는 게 있었어. 내가 클릭드로 이런 데이터를 모았잖아? 우선 기본 프로필 정보가 있고, 지금까지 1,400명이 넘는 사용자가 퀴즈를 50개씩 풀어서 답변을 해 줬어. 사용자 수는 매일 늘어나는 추세야. 예전에 네가 나한테 이걸로 뭘 할 거냐고 물은 적 있지? 그때는 몰랐는데, 어제 문득 이 사용자들을 분석해 봐야겠다는 생각이 든 거야. 덕분에 지금은 아주 빠삭해졌지."

앨리는 어젯밤에 정보를 분류하는 데 도움이 될 체크 박스와 필터, 풀다운 메뉴(메뉴를 커서나 마우스로 선택했을 때, 하위 메뉴가 선택한 메뉴의 아래쪽으로 펼쳐지는 메뉴 구성 방식)를 새로 만들었다.

"이걸 좀 봐. 여기의 368명은 자선 사업이나 선행 같은 주제에 관심이 있어. 퀴즈 중에서 4번, 12번, 19번, 43번의 대답을 분석하면 그걸 알 수 있지."

앨리가 자선 항목을 해제하고 게임 항목을 선택하자 새로운 이름들이 화면을 채웠다.

"이 480명은 비디오 게임을 좋아해. 6번, 27번, 44번 퀴즈의 대답을 보면 알 수 있어."

곧이어 다른 검색 항목을 차례로 적용하며 설명했다.

"여기의 284명은 손으로 뭘 만드는 걸 좋아하고, 이쪽의 358명은 익스트림 스포츠같이 활동적인 걸 좋아해. 집을 짓는 것과 딱 맞아떨어지진 않지만 상당히 비슷할 거야."

"지금 무슨 말을 하고 싶은 거야?"

"너, 오늘 아침에 내가 보낸 클릭드의 업데이트 버전 설치했어?"

"응."

"그럼 설치하기 직전에 팝업창 세 개가 떴을 거야. 거기에 뭐라고 쓰여 있었는지 기억해?"

"첫 번째는 사용자 약관 같은 거였는데……."

"맞아."

"또 인스타그램하고 사진 앨범에 접근하는 걸 허용한다는 거하고……."

앨리는 천천히 고개를 끄덕였다.

네이선은 머릿속으로 세 번째 창을 떠올리고는 빙그레 웃었다.

"기억났다. 비슷한 앱이나 게임의 추천 알림을 받겠냐는 수신 동의였어."

앨리가 활짝 웃었다.

"동의했어?"

"그랬던 것 같아."

앨리가 다시 화면으로 고개를 돌렸다.

"내가 알기론 너도 동의했어. 그리고 여기의 984명도 마찬가지야."

앨리가 새로운 검색 조건을 설정하자 모니터에 900개가 넘는 이름이 주르르 떴다.

"이 애들을 더욱 구체적인 조건에 따라 다시 네 개의 카테고리로 나

눴어."

"지금 네가 말하려는 게, 혹시 내가 생각하는 거 맞아?"

"네가 생각하는 게 이 사용자들에게 빌트의 링크를 보내는 거라면, 맞아."

앨리는 카테고리별로 나눈 전체 사용자 목록을 보여 주었다.

"그리고 비디오 게임, 공예, 야외 활동, 선행 등의 조건을 활용해서 맞춤형 메시지를 만들 거고."

네이선은 한참 동안 말없이 화면만 쳐다보았다.

"어때? 신선한 아이디어지?"

네이선이 머리를 쓸어 넘기며 마침내 입을 열었다.

"나한테 왜 이렇게 잘해 주는 거야?"

앨리는 어깨를 으쓱했다.

"난 친구한테는 뭐든지 해 줘. 그리고 이제 내가 뭘 어쩌겠어? 아무리 밀어내려고 해도 계속 돌아오는데, 그것도 언제나 1위 자리로."

게임으로 좋은 세상을!

앨리는 탁자로 걸어가면서 급식실 안을 둘러보았다. 이따금 블룹 소리가 나고 은밀하게 서로에게 다가가 휴대폰을 맞대는 아이들도 있었지만, 지난주와는 분위기가 사뭇 달랐다. 학교 내에서는 대부분 클릭드 친구가 이미 정해져 있었다. 이제는 다른 학교와 새로운 그룹을 만들어서 방과 후 근처 쇼핑몰에서 순위판 파티를 벌이곤 했다. 그러면 학교 밖에서도 클릭드 친구를 찾을 수 있었다.

그때 교장 선생님이 앨리를 보고 멈추어 섰다.

"앨리 나바로, 축하한다. 슬레이드 선생님 말씀으로는 좋은 세상을 위한 게임 대회에서 상당한 활약을 했다면서?"

"고맙습니다, 선생님. 그렇지만 결국 대회에 나가진 못했어요. 당연히 우승도 못 했고요."

"그것도 알고 있어. 하지만 별문제 아니잖니?"

선생님은 빙긋 웃어 보이고는 다른 곳으로 갔다.

앨리는 미소를 지으며 친구들이 기다리는 탁자로 갔다. 에마와 조가 조금씩 옆으로 비켜 자리를 만들어 주었다. 앨리의 맞은편에는 매디가, 그 옆에는 크리스 오빠가 앉아 있었다. 크리스 오빠가 뭐라고 속삭이자 매디는 얼굴을 붉히며 그쪽으로 다가앉았다.

앨리가 탁자를 손바닥으로 탁 짚었다.

"너희는 지상 최고의 홍보 대사야!"

"효과가 좀 있었어?"

매디가 물었다.

"완전히. 오늘 수업에 들어갈 때마다 애들이 빌트 이야기를 하더라. 그리고 네이선이 그러는데, 밤사이에 사용자 수가 마구마구 치솟았대."

에마가 급식실을 둘러보며 물었다.

"네이선이 여기 와 있어? 내가 지은 마을을 보여 주고 싶은데 벌써 집을 열두 채나 지었다니까? 이러다가 포인트가 너무 많이 쌓여서 집이 무너질 지경이야."

"너는 하필 말을 해도 집이 무너진다는 소릴 하냐?"

앨리는 급식실을 구석구석 살폈지만 네이선은 어디에도 보이지 않았다. 창문 너머로 보이는 농구 코트에 코리와 마크가 있었지만, 네이선은 없었다. 어쩐지 컴퓨터실에 있을 것 같았다. 식판을 그대로 두고 자리에서 벌떡 일어섰다. 친구들에게 먼저 식사를 하라고 말하고는 컴퓨터실로 향했다.

복도에서 앨리를 알아보고 말을 거는 아이들이 많았다.

"앨리, 클릭드가 돌아와서 참 좋아!"

"일주일이 이렇듯 길게 느껴지기는 처음이야. 제발 다시는 이런 일 없게 해 줘!"

앨리는 앱을 좋아하는 아이들이 많은 것에 감사했지만, 한편으로는 앱 때문에 상처를 받은 아이들도 많다는 것을 알고 있었다. 앨리의 책가방 속에는 클릭드를 설치했다가 삭제한 사용자들의 명단이 들어 있었다. 일주일 내로 한 사람씩 찾아가 사과할 계획이었다.

컴퓨터실 문을 열어 보니 네이선은 아그네스 앞에 앉아서 헤드폰을 낀 채 음악에 맞춰 머리를 흔들고 있었다. 앨리가 옆자리에 털썩 앉자 네이선이 헤드폰을 벗어서 목에 걸었다.

"여기서 뭐 해?"

"감상 중이야."

화면에는 빌트의 게임 현황이 떠 있었다. 머리 위의 작은 말풍선에 닉네임이 적힌 캐릭터들이 마을 이곳저곳을 돌아다니는 모습이 보였다. 전체 캐릭터 수는 어림잡아도 수백 명은 될 것 같았다.

"내가 시험용으로 돌리는 게 아니라, 실제 사용자들이 앱으로 게임을 하면서 연장을 사고 집을 짓고 있어. 이게 믿어져?"

"당연하지."

"여기 좀 봐."

네이선이 구글 검색 기사들이 떠 있는 창을 열었다. 앨리는 헤드라인을 읽었다.

게임으로 좋은 세상을!

십 대가 게임의 판도를 바꾼다

게임이 만들어 내는 변화

"이런 기사들이 하루 종일 올라오고 있어. 다 빌트 스크린샷하고 링크를 첨부해서 말이야."

네이선이 기사 하나를 클릭하자 대회 무대에 나란히 선 개발자들의 사진이 떴다. 앨리는 울컥했다. 다른 개발자들과 함께 그 무대에 오르고 싶었는데…….

만약에 네이선이 지난주 금요일에 도와주겠다고 나섰을 때 그러라고 했다면, 네이선은 앨리의 실수를 찾아냈을지도 모른다. 네이선과 협력했다면 점심시간 전에 오류를 수정했을지도 모르고, 그러면 앨리는 그 사진 속에 함께 있었을 것이다. 그러나 이제 와서 후회해 봤자 다 부질없는 일이었다.

네이선은 앨리의 마음을 읽었는지 재빨리 창을 닫았다.

"미안해. 나도 참 무슨 생각으로……."

"괜찮아. 정말이야."

앨리는 고개를 저으며 화면을 턱짓으로 가리켰다.

"현재 다운로드 횟수는?"

네이선은 다시 화면을 게임으로 전환한 뒤 한쪽에 떠 있는 숫자를 가리켰다.

"764회."

두 사람은 나란히 앉아서 화면 속의 캐릭터들이 집 한 채에 모여 함께 하늘색 페인트칠을 하는 모습을 멍하니 바라보았다.

잠시 후 앨리가 먼저 입을 열었다.

"저기……, 빌트를 하고 있는 게 진짜 현실 세계의 사람들이라는 사실에 네가 깊이 감명을 받은 건 잘 알겠어. 그런데 현실 세계의 사람들은 컴퓨터 너머에만 있는 게 아니라, 다른 곳에도 있다는 거 알아?"

앨리는 고개를 까딱하며 문을 가리켰다.

"저 밖에 말이야. 거기에는 태양이라고 하는 것도 있어."

앨리는 두 손을 오므려 동그라미를 만들어 보였다.

"아주 큰 노란색 동그라미처럼 생긴 건데, 낮에는 하늘에 떠 있어. 아마 너도 들어는 봤을걸?"

네이선은 다리를 꼬면서 등받이에 몸을 기댔다.

"그럼, 태양이라면 나도 잘 알지. 하지만 난 여기가 좋아. 조용하잖아. 먹을 것도 있고."

네이선이 팝콘을 한 움큼 집어 입 안에 털어 넣었다.

앨리는 봉지를 멀찍이 밀어 버렸다.

"네이선, 여기에서 좀 벗어나는 게 좋을 것 같아. 밖으로 나가서 친구도 좀 만나고. 날 한번 믿어 봐."

"사양하겠어."

"왜?"

"갈 데도 없는걸, 뭐."

앨리는 마음이 아팠다.

"여기 오는 길에 코리하고 마크를 봤어. 농구 코트 옆에 있더라."

네이선이 쓸쓸하게 웃었다.

"거기 가서 뭘 어떻게 하라고? 그냥 같이 놀자고 해?"

"안 될 거 뭐 있어?"

"걔들하고 말 안 한 지가 벌써 일 년이 다 되어 가. 복도에서 마주치면 인사 정도는 하지만, 그건 친한 거랑은 다르잖아."

"그렇지만 너흰 진짜로 친했잖아. 거의 평생을 알고 지낸 사이고. 일단 가서 말을 붙이고 옆에 앉으면 그다음은 아주 쉬워. 혹시 블룹 소리라도 나면 클릭드 얘기라도 해. 소리가 안 나면 주말에 뭐 했냐고 물어보고, 네가 주말에 뭐 했는지 얘기하면 돼. 네가 만든 앱도 보여 주고, 대회 이야기도 하고, 오늘 빌트에 쏟아진 기사 이야기를 해도 되잖아. 넌 유명 인사라고! 자신감을 가져."

"말은 쉽네."

"실제로도 쉬워. 해 봐. 내가 도와줄게."

네이선은 길게 한숨을 내쉬고는 헤드폰을 벗어서 책상에 내려놓았다.

"알았어."

네이선은 앨리를 따라 컴퓨터실에서 나왔다. 두 사람은 말없이 운동장으로 걸어갔다. 차양 아래 그늘에 서서 교내 풍경을 둘러보았다. 앨리가 코리와 마크를 발견했다. 운동장 옆의 탁자에 앉아 있었다.

"저기 있네."

네이선은 어찌나 긴장했는지 얼굴이 새하얗게 질려 있었다. 덕분에 주근깨가 평소보다 두 배는 더 많아 보였다.

"점심시간이 다 끝나가니까 얘기는 내일 하는 게 좋겠어."

앨리가 네이선을 황급히 붙잡았다. 그렇게 호락호락 보내 줄 수는 없었다.

"아직 십오 분이나 남았어. 네이선, 넌 할 수 있어."

"이게 뭐라고 이렇게 긴장되지?"

앨리가 후들후들 떨고 있는 네이선의 손을 부드럽게 잡아 주었다.

"셋을 세면 가는 거야."

네이선은 숨을 깊이 들이마셨다. 앨리는 천천히 숫자를 셌다.

"하나, 둘……, 셋! 이제 가!"

앨리가 네이선의 손을 놓았다.

네이선은 앨리가 지켜보는 가운데 정원을 가로질러 계단을 내려가 운동장으로 향했다. 걸어가면서 머리를 쓸어 넘기고 옷매무새를 가다듬었다. 중간에 잠시 멈춰 서는 걸 보고는 도망칠까 봐 걱정했지만, 네이선은 다시 걷기 시작했다. 마침내 탁자 앞에 서서 뭐라고 말하자 코리와 마크가 뒤를 돌아보았다. 두 사람은 밝게 웃었다. 그리고 조금씩 비켜 앉아 가운데에 자리를 만들어 주었다.

코딩하는 소녀

첫판 1쇄 펴낸날 2018년 11월 30일
7쇄 펴낸날 2023년 2월 28일

지은이 타마라 아일랜드 스톤 **옮긴이** 김선영
펴낸이 박창희
편집 김수진 백다혜 **디자인** 김선미
마케팅 최창호 임선주 **회계** 양여진

펴낸곳 (주)라임
출판등록 2013년 8월 8일 제 2013-000091호
주소 경기도 파주시 심학산로 10, 우편번호 10881
전화 031) 955-9020, 9021 **팩스** 031) 955-9022
이메일 lime@limebook.co.kr **인스타그램** @lime_pub

ISBN 979-11-89208-12-7 44840
979-11-951893-0-4 (세트)

* 잘못된 책은 구입하신 서점에서 바꾸어 드립니다.
* 본서의 반품 기한은 2028년 2월 29일까지입니다.